KB133960

명상의 기쁨

The Joy of True Meditation
Words of Encouragement
for Tired Minds and Wild Hearts by Jeff Foster

명상의 기쁨

THE JOY OF TRUE MEDITATION

제프 포스터 지음 — 하창수 옮김

굿모닝미디어

자신만의 방식으로 살았던,

아버지께

차례

사랑의 들녘으로 초대하며

켈리 보이즈Kelly Boys

인생은 우리에게 우송된 무척이나 친절한 초대장입니다. 거기엔 '있는 그대로as we are'* 살아가면 돼, 이런 내용이 간략하게 적혀 있죠.

'진짜 명상true meditation'이란 게 있습니다. 우리 자신한테 돌아가는 길, 걷기에 알맞게 잘 닦여져 있지만 잠깐 한눈을 파는 사이에 홀연히 사라져버리는 길—이걸 정의하는 건 쉽지 않습니다. 얼마나 가치 있는 것인지 얘기하는 일 역시 쉽지 않죠.

'진짜 명상'은 우리가 누구인지 우리의 실체와 만나게 해주는데, 여기엔 내면 깊숙한 곳에서 울려 나오는 "이것이 내가 맞나?"라는 깊고 진심 어린 의문까지 포함하고 있습니다.

'진짜 명상'은 우리 안에 어떤 균열이 생겨났는지, 그것은 어떤 모습을 하고 있는지를 적나라하게 보여줍니다.

우리가 우리 자신의 '집'으로 돌아가기 위해 반드시 거쳐야 하는 이 여행, 이 단순한 초대를 받아들이려면 용기가 필요합니다.

보세요, 우리는 여전히 여기 있잖아요. 잠들어 있건 깨어 있건 지금 이 순간에 있습니다. 우리는 지금 이 순간이라는 것에 깊이 개입되어 있거나 막 빠져나오고, 마주치거나 돌아서고 있습니다.

있는 그대로, 말이죠.

---

* '있는 그대로' : 이 책 저자의 핵심 개념이다. 이 말은 불교 교리의 '제법실상(諸法實相)'이란 말과 일맥상통하는 것으로, 그 뜻은 모든 현상의 있는 그대로의 참 모습, 모든 현상의 본성, 자신이 본래부터 지니고 있는, 천연 그대로의 심성 등을 담고 있다.

'진짜 명상'은 생생한 관계에 있으며, 진짜와의 궁극적인 만남입니다. 진짜 명상은 우리 인생에 존재하는 온갖 형태의 진리를 명료하게 바라보게 하고, 에두름 없이 직시하게 합니다. 감정, 생각, 오해, 기쁨의 순간, 혹은 사물의 가장 깊은 본질 등 지금 이 순간에 존재하는 것들을 명확히 바라보는 것—여기에 '은밀한 관계의 몸짓'이라는 이름을 붙여보죠. 이 몸짓은 우리를 안온하게 유지해주고, 우리를 누구한테나 환영받는 존재로 만들어주고, 아름다울 수 있는 인생으로 이끌어줍니다. 그리고 그 어떤 것도 배제하지 않고, 모든 것을 끌어안습니다.

그 순간과의 만남에 필요한 모든 씨앗이 '순간' 자체에 모두 담겨 있기 때문이지요.

우리가 내쉬고 들이쉬는 호흡, 신체의 각 부위, 가슴 한가운데에서 맥박을 치고 있는 존재—그게 무엇이든, 외면하지 않고 기꺼이 만나고 받아들일 때, 우리는 받아들이는 그 자체가 됩니다. 이렇게 적극적으로 받아들이는 태도를 통해 '있는 그대로'의 우리를 알게 됩니다.

이런 전폭적인 수용 태도로부터 명료한 시각을 얻게 되죠. 이것을 통해 우리는 많은 것들을 잃거나 갖게 될 것입니다. 연민과 편안함이 생겨나고, 놀라운 통찰력이 일어나고, 웃음이 터지고, 자아감 상실이 뒤따를지도 모릅니다. 이제 껏 중요하게 여겼던 지향들이 사라지고, 깊은 안도감이 밀려들 수도 있지요. 우리의 정신이 벌여온 게임, 우리의 정신이 빠져 있던 함정, 혹은 우리의 정신이 갇혀 있던 감옥으로부터 빠져나온—불안이 완전히 사라져버린 그곳! 우리 자신의 호흡, 느낌, 감정, 감각, 생각에 기댈 때, 우리는 세상의 모든 것들이 그러리라고 여겨왔던 것들과 같지 않다는 사실을 발견하게 됩니다. 두려워하던 것도 생각만큼 두려워할 게 아니고, 분노 또한 금방 뭔가 터져버릴 것처럼 급박한 게 아니란 사실도 알게 되죠.

이쯤 되면 그동안 우리가 내던져 버렸던 것, 원치 않았던 것, 사랑하지 않았던 것들이 '집'으로 돌아오기 시작합니다. (실은 우리 안에 있는데도 불구하고) 그것들은 마치 어떤 공간에 유폐되어 있던 것처럼 거부당해 왔지요. 우리는 그것들을 자기거부self-refusal라는 폭력으로부터 구해내 우리의 마음, 우리의 정신, 우리의 존재 안에 자리를 마련해줍니다. (이렇게 되면 우리는) 자기거부조차 기꺼이 받아들이게 되죠. 사실, 우리 내면에서 일어나는 모든 폭력과 투쟁을 '있는 그대로' 받아들이는 것―이것이야말로 진정한 비폭력입니다. 이런 방식으로 우리가 우리 자신의 '집'으로 돌아오게 될 때, 휴식이 시작됩니다.

우리는 모두 본질적인 욕구를 지니고 있으며, 실체를 외면하기도 하고 실체와 깊이 만나기도 합니다. 우리는 유연하면서도 연약하고, 희망을 생각하면서도 두려움에 빠지는 존재입니다. 그래서 우리 자신의 존재를 순전하게 드러낼 때 많은 일이 일어납니다.

명상은 고통을 끝낼 수 있는 희망, 치유의 명약을 제공합니다. 그것은 우리가 원한다고 오는 것도 아니고, 그렇게 되리라 생각한다고 찾아오는 것이 아니죠. 그것은 우리 자신의 쓰라린 고통까지 포함한, 우리가 경험하는 모든 것에 완전히 투항surrender할 때 찾아옵니다.

다행스러운 것은 우리가 이 길을 기꺼이 걸을 때 깊은 신뢰가 생긴다는 사실입니다. 시간이 얼마가 걸리든, 밟고 오를 만한 사다리가 없다 해도 우리의 걸음 하나마다, 숨 하나마다, 현존present으로 빠져들어 가는 매 순간마다 신뢰가 찾아옵니다. 이는 아무런 거리낌 없이 친구의 품에 안기는 것과 같습니다.

진리는, 날것 그대로의 삶과 실체는, 우리가 생각했던 것보다 훨씬 안전하고 안락합니다. 두려움, 분노, 마음의 고통은 여전히 남아 있을지 모르지만, 그것들은 사랑의 존재로 바뀌어 우리가 오래전에 버렸던 심오한 지혜심wise heart으로 들어가는 관문이 될 수 있습니다.

《명상의 기쁨》은 우리가 마주치는 매 순간마다 있는 그대로의 우리가 된다는 것, 존재와 호흡의 힘에 관해 서술한 한 편의 명작입니다. 이 책은 그 자체로 관계의 몸짓이며, 공유이자 실체와 만나는 길입니다. 제프 포스터는 우리가 마주치는 순간들이 'simple'이라는 영어 단어의 의미처럼 정말이지 단순하고 간단한 것임을 알려주기 위해 마음의 구석구석으로 우리를 흘려보냅니다. 거기에 충만해 있는 무늬들을 통해 우리는 삶이 우리가 상상한 것보다 훨씬 순수하며 자유롭다는 사실을 확연히 기억하게 되죠.

제프 포스터의 사려 깊은 글에는 많은 초대장이 담겨 있습니다. 고독으로 가는, 자유를 향한, 깊은 휴식을 위한 거죠. 저자가 일러주는 말들은 우리 안에 마련된 집을 찾도록 손짓하고, 우리의 몸, 우리의 마음과 사랑에 빠져보라고 유혹합니다. 이런 사랑은 태어나 아직 한 번도 경험해본 적이 없는 것일지도 모르지요.

제프 포스터의 문장들은 사납고 거칠며, 열정적이고 시적이며, 당당합니다. 하지만 상처 입은 우리의 마음을 달래고, 우리가 우리 자신에게 저질렀던 잘못과 망가진 행위로부터 숨통을 틔워 줄 때의 문장은 온화합니다. 그는 매력적인 불가지론자不可知論者, agnostic*입니다. 그는 아무것도 흘어놓지 않습니다. 땀도, 눈물도, 피도, 부끄러움도, 괜한 충격도, 힘도, 기쁨도. 그 모든 것들이 한 데 그러모아져 있습니다.

《명상의 기쁨》에는 존재로, 호흡으로, 귀가의 여정으로

---

* 사물의 본질이나 궁극적 실재의 참모습은 사람의 경험으로는 결코 인식할 수 없다는 이론을 추구하는 철학자.

나아가는 매 순간의 맹렬한 기운을, 그 모든 순간을 끊임없이 일깨워주는 짤막한 일화들이 숨어 있습니다.

제프 포스터가 우리에게 건네주는 초대장은 살아 펄떡이는 심장과 활력 넘치고 영감 어린 호흡에 대한 경의로 가득합니다. 그는 지친 우리의 귓속에, 태생적으로 받아들이는 데 익숙하지 않고 거칠기만 한 우리의 마음에 속삭입니다. 격려의 말들을, 나긋나긋하게.

— 켈리 보이즈

《The Blind Spot Effect: How to Stop Missing》
《What's Right in Front of You》 by kellyboys
www.kellyboys.org

누군가는 세상을

눈물이 흐르는 계곡이라 하지만

나는 말하네, 세상은

영혼을 빚어내는 골짜기라고.

— 존 키츠John Keats

진짜 명상의 발견

The Discovery of True Medition

내 이야기를 공유하고 싶다. 죽음으로 시작해 삶으로 돌아오는, 진짜 명상true meditation을 발견해낸 이야기. 책이니 영적 스승이니 명상 교실이 아니라 죽음과 재탄생을 통해 실현되는 발견. 어둠에 싸인 나 자신을 향한 모험, 자살과 자멸 사이 실낱같은 틈바구니를 빠져나가 마음을 겹겹이 둘러싼 베일을 걷어내 꺼지지 않는 내면의 빛을 찾아내는 것. 빛은 존재하지 않다가 어느 순간 갑자기 생겨나는 것이 아니라 언제나 거기에 존재한다. 명상이라는 빛. 일체─

體, Oneness라는 빛. 나의 진정한 자아自我라는 빛.

내 이야기는 아마도 당신의 이야기와 다르지 않을 것이다. 우리 모두는 결국 집으로, 이 순간으로, 지금now 이곳here으로, 돌아가는 여정에 있다고 나는 믿는다.

내가 기억할 수 있는 최초의 지점으로 돌아가면, 매우 잘못된 뭔가가 내 안에 있었던 것 같다. 나의 내면은 구역질이 나고, 비통하고, 추악했다. 사랑은 무가치했고, 인간에게는 실망만 가득했으며, 상처는 치유할 수 없었고, 희망 따위는 멀고도 먼 일이었다. 포기에 대한 공포가, 그와 함께 죽음의 공포가 뼛속 깊은 곳에 숨어 나를 두려움에 떨게 하였고, 살아있음을 수치스럽게 만들었다. 나는 고개를 숙이고 어깨를 잔뜩 웅크린 채 걸었다. 누구와도, 잠깐이라도, 눈을 마주치지 않으려 애썼다. 그들이 내 눈을 본다면 역겨워 달아나버릴 거라고 나는 확신했다.

나는 늘 지쳐 있었다. 영혼 깊숙한 곳까지 완전히 피곤에 절었다. 방학 때는 종일 침실에서 벗어나지 않았다. 컴퓨터 게임을 하고, 영화를 보고, 목구멍 너머로 꾸역꾸역 음식을 밀어 넣으며 나 자신을 마비시켰다. 다른 삶을 꿈꾸었지만 어떤 시도도 하지 못했다. 온몸이 아팠고, 스트레스로 꽉 차 있었다. 그것은 나를 함락시키려는 적이었고, 물러날 기미를 보이지 않았다.

공황발작이 일어났으나 아무에게도 말하지 못했다. 친구가 별로 없기도 했지만, 속엣것을 털어놓을 만한 사람이 없었다. 학교에 가면 견딜 수가 없어 쉬는 시간이면 휴게실로 숨어들었다. 땀에 절어 집으로 돌아오면 초콜릿으로 허기를 달래고, 전자레인지에 햄버거를 데워 먹으며 고통을 견뎌냈다. 과도한 긴장과 불안 탓에 땀이 비어져 나왔고, 그걸 가리기 위해 한여름 무더위에도 한 겹의 옷을 더 껴입었다.

내가 남자인지 여자인지, 이성애자인지 동성애자인지, 인간인지 짐승인지, 성자인지 살인마인지 알 수 없었다. 뭔가 엄청난 실수가 있었던 것이다. 제대로 된 행성에 태어나지 못한 것이다. 내가 있는 행성은 제대로 된 태양이 돌고 있지 않았다. 나는 살아있는 것인지 죽은 것인지조차 제대로 알 수 없었다. 나의 정체성은 거대한 의문부호가 되어, 중심을 뿌리째 흔들고 있을 뿐이었다.

나이가 들어가면서 죽음에 대한 충동이 내 안에서 자랐다. 나는 자주 나 자신을 죽이거나 세상을 파괴하려는 환각에 사로잡히곤 했다. 때로는 둘 모두가 한꺼번에 일어났다. 내 안에서 들끓던 오래 묵은 슬픔과 분노를 짐짓 억누른 채 용맹한 표정을 짓기도 했다. 학교 성적은 나쁘지 않았고, 종종 1등을 하기도 했다. 열여덟 살 때, 케임브리지대학에 입학해 가족에겐 엄청난 자부심을 느끼게 해주었다. 나는 행복한 척했고, 원만한 성격에 아무런 문제가 없는 전형적인 '착한 아들'로 위장했다. 나는 내가 빠져들어 있던 절망의 깊은 수렁을 단 한 자락도 보여주지 않았다.

한낮에도 고요한 순간이 찾아오면 악몽에 시달리던 밤과 똑같았다. 내면 깊숙한 곳에 숨어 있던 괴물들의 신음이, 망각의 어둠 속에 갇혀 있던 온갖 자아自我들의 끔찍한 비명이, 지하세계에 버려진 채 애타게 사랑과 도움과 구원을 갈망하던 혼령들의 울부짖음이 들려왔다.

희망을 모두 버렸고, 꿈을 모두 접었다. 어릴 때부터 원했던 것들—누군가에게 이야기를 들려주고, 영화를 만들고, 영감을 주고, 잘하면 세상을 바꿀 수도 있을 거라는 바람들은 실패하고 거부당할 거란 두려움으로 변해버렸다. 들여다보기 창피한 내면은 위험에 당당히 맞서려던 모든 창조적 열정을 막아버렸다.

나는 내 몸을 떠난 곳, '지금 이 순간'이 아닌 곳에서만 살고 있었다. '지금 이 순간'을 벗어난 환각 속 관념의 세계에, 백일몽과 한밤의 악몽들 속에, 무슨 말인지 이해할 수 없는 난해한 철학 속에, '지금 이곳'과 가능하면 멀리 떨어진 곳에, 온갖 과거와 미래에 나는 살고 있었다. 늘, 항상, 언제나, 후회와 공허한 기대 안에 살고 있을 뿐이었다. 나는 진정한 성지sanctuary, 안식의 거처를 잃어버린 노숙자였다. 나는 가장 소중한 존재와 결별한, 생명의 근원으로부터 분리된, 신성한 보호자에게서 버림받은 짐승이 되어 있었다.

나는 어떻게 해결해야 하는지를 도무지 알 수 없는 거대한 고독의 늪에 빠진 채 숨 쉬는 것조차 힘들어했다.

결국, 자살밖에는 길이 없었다. 그것만이 삶에서 맞닥뜨리는, 풀 길이 없는 문제를 풀어내는 유일한 방법처럼 보였다. 뭔가를 견뎌낼 힘이 내게는 남아 있지 않았다. 있는 그대로의 나를 볼 수도 없었고, 나를 원하지도 않는 세상에서 살아가는 것이 지겨웠다. 적당히 맞추어 사는 것도, 그런 척 위장하는 것도 지긋지긋했다. 내 안의 무언가가 절실히 원한 것은 "세계의 일원으로 살아가기"라는 맥빠진 프로젝트에서 벗어나는 일이었다.

물론, 내가 진정으로 원한 것은 죽음이 아니었다. 어떻게든, 속으로는 살아있고 싶었다. 하지만 방법을 알 수 없었다. 그런 것이 있는지, 있다면 무엇인지, 알려주는 이가 없었다.

나는 육체적인 죽음만이 내가 할 수 있는 유일한 방법이라고 믿지 않을 도리가 없었다.

나는 거대한 어둠 속으로 빠져들어 갔다.

그러던 어느 날, 삶에 대한 나의 모든 방어막과 어떻게든 살아남아야 한다는 의지들이, 간신히 고통에 저항하고 있던 정신과, 힘겹지만 이 또한 경험이라며 애써 가졌던 위안들이, 일시에 무너져 내리기 시작했다.

'정상적'이고 '고상한' 척 위장하느라 잠재의식 속에 짓눌려 있던 생각과 감정과 욕구들이 일제히 비어져 나오기 시작해 마침내 의식 밖으로 흘러넘쳤다. 판도라의 상자*가 내 안에서 폭발하듯 열렸다. 나는 더 이상 어둠으로부터 달아날 수도, 삶을 밀어낼 수도, 정신mind이라는 관념의 세계에 놓인 안식처도 찾을 수 없었다. 안락한 천국 같은 것은 더 이상 존재하지 않았다. 나는 꺼져가는 생명과 맞닥뜨린 것이다. 기쁨과 두려움, 분노, 어릴 때부터 나를 억눌렀던 포기에 대한 혹독한 감정들, 말로 할 수 없을 만큼 거세었던 슬픔의 파도들—이제 나는 그것들로부터 더는 달아날 수 없었다. 생생한 트라우마가 내면을 휘저었고, 모든 억압이 밀려 들어왔다. 곤두박질치는 삶의 급류가 거칠게 밀어닥쳤다! 나는 생각했다. 그리고 확신했다. 죽게 될 거라고. 죽음의 가루들로 촘촘히 채워진 공간을 어떤 식으로든 빠져나올 수 없다는 것을.

---

* Pandora's Box. 그리스 신화에서 신들의 왕 제우스가 희망과 함께 온갖 재앙들을 담아 절대 열어보지 말라고 판도라에게 주었던 상자. 판도라는 호기심에 열었다가 재앙들이 쏟아져 나오는 것을 보고 황급히 닫았지만 '희망'만이 상자 안에 갇힌다.

하지만 나는 죽지 못했다. 죽기는커녕 치유가 시작되었다. 오랜 시간 불행에 빠져 있던 나를 깨부수기 시작한 것이다. 삶에 대한 철저한 회의가 스러지고, 진정한 자아가 되살아나고 있었다. 내면 깊숙한 곳에 자리하고 있던 뭔가가 "그래, 그래"라고 말하기 시작하고, 살아야겠다고 외치기 시작하고, 무지했다는 사실을 인정하기 시작하고, 존재의 기쁨과 슬픔을 받아들이기 시작하고, 불완전한 인간이 만들어내는 엉망진창인 인생에 더 이상 고개를 돌리지 않기 시작하고, 어두움에도 빛에도 그 어떤 것에도 "예스"라고 말하며 고개를 끄덕이기 시작한 것이다!

그 후 몇 주가 흐르고 몇 달이 지나는 동안, 나는 정신으로부터 빠져나와 심장heart으로 들어갔다. 나는 현재presence라는, 지금now이라는 시간과 온전히 살을 맞대었고, 세상 모든 것들과 내가 동떨어져 존재하지 않는다는 깊은 일체감Oneness을 느꼈다. 나는 숨을 쉬고 있었다. 심장의 고동을 다시 느낄 수 있었다. 얼굴을 향해 쏟아지는 태양, 귓속으로 밀려드는 소리들이 느껴졌다. 혀끝에 닿는 음식들이 새로웠다. 새로운 지평이, 새로운 가능성이 보였다. 내 몸 안에서 요동치는 감각들은 예전의 것이 아니었다. 처음으로 세상을 경험하는 어린아이가 된 것 같았다. 때로는 살아있다는 이 감각이 너무도 강렬해서 나를 죽이거나 해를 입힐지도 모른다는, 적어도 나를 완강하게 지배해버릴지 모른다는 생각이 들 정도였다. 어쩌면 공허의 소용돌이 속으로 빠져들지도 모른다는 걱정이 들었다.

그러나 감각, 즉 느낀다는 것은 결코 우리를 해치지 않는다. 우리를 해치는 것은 경계심이다. 그 사실을 나는 다시금 상기했다.

우리의 감각은, 아무리 농밀하다 해도, 우리를 해치지 않는다. 감각들을 둘러싸고 있는 긴장감과 거부감이, 우리의 내면에 깃든 감각들을 파괴하고 몰아내고 뜯어고치려 애쓰는 무의식적인 행위가, 여릿여릿하고 천진난만한 내면을 수치스러워하며 질식시키려는 것이야말로 우리에게 고통을 가져다주고 아픔을 안겨주는 주역이다. 느끼는 것, 감각하는 것, 그 자체는 우리에게 어떤 해도 끼치지 않는다.

본능적으로 나는 온갖 '견디기 힘든' 느낌들feelings, 생각들, 욕구들로부터 숨을 쉬기 시작했다. 그러던 어느 순간,

이 같은 '괴물들'의 힘을 견뎌낼 수 있었고, 이겨낼 수도 있었다. 심지어 그들을 받아들여 친구가 될 수도 있을 것 같았다.

내가 그들을 받아들이는 게 불가능할 것 같다는 생각이 들 때, 저항감이 너무 거대하다고 느꼈을 때, 내면의 분노가 화산처럼 느껴졌을 때, 슬픔이 파도에 휩싸여 나를 갈가리 찢어내는 것 같았을 때조차, 나는 그들을 버텨내는 뭔가 더 큰 에너지를 느꼈다. 그들을 붙들어두고 그들을 기꺼이 받아들이는 무한하고 영원하며 사랑으로 가득한 힘, 무엇인지 알 수는 없지만 분명히 존재하는 어떤 힘이 마음 안으로 스며드는 것을 느꼈다.

그런 순간은 견딜 수 없는 것 같았으나 그때마다 견뎌낼 수 있었다. 내 안의 무언가는 결코 부서질 수도 죽일 수 있는 것도 아니었다. 그것은 부드러웠고, 원래 열려 있어 잘 받아들였다. 그러면서도 그것은 세상에서 가장 비싼 다이아몬드보다 강하고 단단하고 값졌으며, 수십억 개의 태양보다 밝게 빛났다.

나는 진정으로 타고난 나의 본성nature을 발견하기 시작했다. 나 자신을 불신하게 만들기 전의, 모멸과 공포로 짓눌려 있기 전의, 나락으로 떨어지기 전의 '진짜 나'를 찾기 시작한 것이다. 지금―이곳에 존재하는 나, 나의 진짜 정체true identity를 찾아가기 시작했다. 결코 멸하지 않는 사랑, 내 안에 깃든 꺼지지 않는 거대한 불길을.

나의 분열과 수치심, 포기와 죽음의 한 가운데에서 새로운 희망이 태어났다. 이원성duality에서 둘로 갈라질 수 없는 존재nonduality가, 새 생명이 탄생한 것이다. 용서가, 제2의 기회가, 새로운 시작이 열린 것이다.

때로는 두려움이 밀려들어 질식할 것 같은 날들이 있었다. 이전에 경험해보지 못한 공포가 밀려들기도 했다. 그때 나는 그것들을 밀쳐내는 대신 나를 통과해 지나가도록 내버려 두었다. 어떤 날은 청명한 하늘, 드넓은 바다, 높다란 산에 분노가 치밀었다. 그럴 때면 이전에는 들어본 적이 없는 내 안의 어린아이, 내면 아이inner child가 하듯 "보기 좋아요"라거나 "가슴이 따뜻해져요"라거나 "편안해요" 같은 말들이 들려왔다. 그런 것들은 나로서는 해볼 수 없었던 말이었다. 뭔가 낯설고, 음산하고, 심장이 오글거리는, 하려고 들면 저절로 입이 닫혀버리는, 그런 말들이었다.

그런데! 그런 말이 내 안에서, 하려고 하면 저절로 입이
닫히던 그 말들이 생생하게 들려온 것이다! 거의 일 년 내
내, 하루도 빠짐없이 내 눈에서는 눈물이 흘러내렸다. 어린
아이가 아니면 울 수 없는 울음이었다. 사람들로부터 나 자
신을 고립시켜 왔던 역겨움과 분노가 씻겨나갔다.

이따금 아이처럼 웃음을 터뜨리고, 기침이 날 정도로 키
득거렸다. 대부분은 이유를 알 수 없었다. 그냥 웃음이 났
다. 어떤 날은 더할 수 없는 희열과 끔찍한 절망이 한 치의
어긋남도 없이 동시에 일어났다.

나는 그것을 황홀한 혼란이라 불렀다! 날것 그대로의 혼
란, 변덕스럽기 그지없는 혼란, 전혀 통제되지 않는 혼란!
이제 내 안에는 너무도 많은 공간이 생겨났다. 너무도 많
은 삶이 유유자적 드나들며 쉬다 떠나는 드넓은 공간. 가끔
은 내가 미쳐가고 있다는 생각이 들곤 했다. 내 안으로 밀려
드는 에너지를 제어할 수 없었다. 그런 날은 정신과 상담을
받아봐야 하는 게 아닐까, 하고 생각했다. '정신이상'이라
면 치료를 해야 할 테지만, 내 경험에 따르면 '정상'이나 '순

종'이 오히려 질병일 수도 있었다. '적응'이 나를 옥죄는 구속복이라는 사실을 인식하는 순간, 정신병원으로 향하던 내 발길이 멈춰 섰다. 나는 다시금 나 자신을 믿어보기로 했다. 판단을 던져버리고, 고치려 들지 않고, 자꾸만 벗어나려 하지 않고, 내가 겪었던 사실을 향해 더 가까이 다가가자고 생각한 것이다.

나는 진짜 명상을 배워나가기 시작했다. 가장 혹독하게 명상을 가르치는, 삶이라는 선생으로부터.

죽음과 재탄생의 과정에서 살아 돌아온 후, 나는 버텨내기 힘들 만큼 몰아치던 이전의 생각과 느낌들을 견뎌내기 시작했다. 내게는 새로운 힘이 생겨나고, 새로운 용기가 찾아졌다. 그리고 한 번도 인식해본 적이 없던 내면의 질료 resource들과 교감하기 시작했다.

나는 지구라 불리는 이 낯선 행성에서 다시금 삶과 사랑에 빠지기 시작한 것이다. 삶을 이루는 모든 것들, 기쁨과 슬픔, 권태와 혼란, 실망과 의심과 그리움, 외로움과 사랑에 빠져들어 갔다. 그 모든 것들이 내게는 귀하고 성스러웠다. 모든 것이 사랑스러웠고, 나를 매혹시켰다. 아주 어렸을 때로 돌아간 것 같았다. 내가 받는 느낌들로부터 더 이상 달아나기를 원하지 않았고, 오히려 그 모든 것들을 느끼고 싶어 했다.

깊이 경험하고, 맛보고 싶었다. 내가 일으키는 생각들이 더 이상 두렵지 않았다. 오히려 우주를 상상하고, 은하계는 대체 어떤 모습을 하고 있는지 그 전체적인 모습을 그려내고 싶었다.

나는 무엇이든 그리려 했던 아주 어렸을 때의 그 '화가'로 돌아가 천진과 경이로 가득한 새로운 눈으로 삶을 보고 싶었다. 의식Consciousness이라는 광대무변한 바다가 되고 싶었다. 생각, 느낌, 감각의 물결들 모두를 사랑하는 법을….

나는 세밀하게 나뉘면서도 온전하게 전체를 이루는, 긍정과 부정이 공존하는, 가슴 벅찬 축복과 가슴 찢어지는 상심을 동시에 원했다. 넓혀지기를 원했지만, 동시에 한없이 작아지는 것 역시 바랐다. '위로 치솟는' 삶을 바랐지만 '아래로 곤두박질치는' 삶 또한 바랐다. 욕망도 원했지만 욕망의 소진 역시 원했으며, 온전한 느낌을 바랐지만 느낌이 완전히 사라져버린 상태 또한 바랐다. 내가 만나고 싶었던 것은 존재의 양극성, 존재의 이쪽 끝과 저쪽 끝 모두였다. 동양에서 말하는 음陰과 양陽, 희극과 비극, 고통과 황홀, 폭풍우와 햇볕, 봐줄 것 하나 없는 결함투성이의 존재와 더할 수 없이 완벽한 존재—내가 바라는 것은 그 모두였다.

나는 나 자신을 이루는 모든 것을 원했다. 온통 뒤죽박죽 섞인 혼돈과 그것들이 말끔하게 정리된 기적을, 한없이 작은 먼지와 거대한 별을 동시에 원했다. 내가 원하는 것은 어떤 것도 배제되지 않은 모든 것—행복이 아니라 전체 wholeness였다. 행복이란 '행복한 마음'이라는, 마음의 한 부분일 뿐이었다. 내가 원하는 것은 그것과 비교할 수 없는, 훨씬 더 큰 무엇이었다.

하루하루, 순간순간, 시시각각, 나는 나 자신을 남들에게 드러내기 시작했다. 그들에게 나의 모든 것을 보여주는 데 주저하지 않았다.

나는 말을 할 때도 사실을 감추지 않았다. 떨리고, 땀이 흐르고, 가슴이 쿵쾅거리며 뛰었다. 때로는 입술이 바짝 말랐고, 속이 매스꺼웠으며, 사실을 그대로 말한다는 것이 너무도 어색하고 쑥스러웠다. 하지만 나는 있는 그대로를, 사실을, 어느 하나 감추지 않고 말했다. 포장도 과장도 하지 않은, 거칠고 엉망진창인, 나 자신의 불편한 진실을.

몇몇 '친구'들은 나를 떠났다. 몇몇은 여전히 '친구'로 남았다. 그리고 새로운 친구들이, 새로운 가족이, 새로운 '부족민'이 생겨났다. 그들은 내가 신성한 혼란divine mess 안에서 새로워지기를 바랐다. 그들은 내가 잘못을 토로하기를, 실수를 저지르고 부끄러운 감정들을 드러내기를, 불편한 말들을 감추지 않기를, 그 모든 것들을 통해 나를 시험하고 사랑하게 되기를 원했다.

그러는 사이 나는 용기를 내어 내가 '깨우친 것'에 대해 글을 쓰고 있는 나를 발견했다. 나는 죽음과 함께 춤을 추었고, 삶에 기꺼이 굴복했으며, '오래전의 나'는 사라지고 없었다. 나는 길이 없었던 곳에 길을 만들어냈다. 그곳은, 늘, 내가 꼼짝하지 않고 있던 거기였다. 한 단어 한 단어, 한 줄 한 줄, 한 문단 한 문단, 나는 내 영혼의 가장 깊은 곳에 숨어 있던 진실을 끄집어내 옮겨놓기 시작했다. 처음엔 두렵고 떨렸다.

작가가 아니었으므로, 무엇을 어떻게 써야 하는지 알지 못했다. 글을 쓴다는 것에 관한 한 나는 아직 말을 배우지 못한 어린아이에 불과했다. 하지만 뭔지 알 수 없는 것이 나를 이끌었다. 자비롭고도 아주 오래된 힘이 내게 언어를 가져다주었다. 침묵의 공간에 단어들을 내려주었고, 멈추지 말고 나아가도록 등을 떠밀어주었다. 블로그에 썼던 글들이 편집자의 눈에 띄었고, 한 권의 책이 되어 나왔다.

그리고 어느 날 나는 어떤 사람의 거실에 서 있었다. 그리 많지 않은 사람들 앞에서 나는 내가 발견한 것들에 대해 얘기하고 있었다. 존재함에 대해. 깊이 받아들임에 대해. 생각하는 모든 것과 감각하는 것이 신성하게 존재하는 사랑의 공간, 비이원성의 실재non-dual reality 그 자체에 대해. 죽음으로 곤두박질치는 곳에서도 지성과 의식과 삶은 존재한다는 것에 대해.

내가 이 행성에서 만난 가장 놀라운 사람은 나 자신이었습니다. 그는 그의 가슴 깊은 곳을 다른 사람들과 공유하고 있더군요. 상상조차 할 수 없던 일이었습니다!

오래지 않아 나는 점점 많은 사람들과 얘기를 나누게 되었다. 여러 회합을 통해, 수도원의 피정지避靜地와 개인면담에서, 온라인 방송으로도 내 얘기를 공유하였다. 속내를 드러내게 될 거라고는 결코 생각해본 적이 없었지만 나는 내면에서 울려 나오는 소리를 믿었다. 가르침의 내용도 도움의 방법도 알지 못했지만 나 자신과 연결된 투명한 수로를 따라 흘러들던 그 오래된 방식의 가르침 그대로 움직여갔다. 무엇을 어떻게 하겠다는 계획이 세워져 있던 것도 아니고, 힌트나 실마리 같은 것도 없었지만, 걸음을 뗄 때마다 매 순간 내 앞에서 길이 열렸다. 마치 '선생'이라는 역할이 태생적으로 주어진 것 같았다. 친구나 협력자라면 모를까, 나 자신이 선생이 되리라고는 생각해본 적이 없었다.

누군가를 바꾸거나 치료하려 하지 않는 사람, 존재하는 그 모습 그대로를 만나고자 하는 사람, 늘 알고 있었던 그것이 무엇이었는지 다시금 상기시켜주는 사람—선생이란 그런 사람이었다.

지금 나는 내 글을 읽고 있을 당신에게 이 말들을, 내 가슴에서 당신의 가슴으로 곧바로 옮겨놓는다. 이 환상적인 여정은 오래전부터 계속돼왔지만, 언제나 지금 이 순간의 더할 수 없는 단순성으로 돌아가는 일이다. 최초의 인간이 살던 곳으로 돌아가더라도 거기서 만나는 것은 삶의 오직 하나뿐인 이 순간이다. 비극의 시간 속으로 속절없이 걸어 들어가기 전에 우리가 살았던 곳 – 이 황홀한 여정의 종착 지는 바로 그곳이다. 내 안에 쌓인 쓰레기들을 통해, 지하 세계의 오물들을 통해, 주관적 자아 정체성의 완전한 상실 이라는 '에고 죽음Ego-death'의 문을 통해, 만고불멸萬古不滅의 지금으로 되돌아가는 것이다.

친구가 되는 법을 배우면 배울수록, 내 안의 슬픔과 더없 는 행복과 고독과 분노와 두려움과 기묘한 욕망과 통제할 수 없는 거친 강박을 껴안고 다독일수록, 내 머릿속에서 울 리는 광기의 소리들을 사랑하게 될수록, 누군가에게도 똑 같이 들어 있는 그 많은 것들을 두려움 없이 받아들일 수 있 게 된다. (나는 나만 홀로 존재하는 것이 아니라 그들과 함께 존재 하기 때문이다. 그래서 누군가를 고치려 하지 않고, 있는 그대로의 그들을 사랑하게 되는 것이다.) 그들이 갈망하는 것은 내가 갈망하는 것과 다르지 않으며, 그들의 두려움은 나에게도 고스란히 전해져온다. 그들이 느끼는 더할 수 없는 행복이, 깊은 절망이, 결국은 나를 움직인다. 지금—이곳이란 시·공은 나의 것만도 아니고 그들의 것만도 아닌 우리의 것이다.

"정말 그럴까?"라고 당신은 생각한다. 당신이 의문을 갖는 건 당연한 일이다. 정직하기 때문에 생긴 것이기도 하다. 당신의 의심과 찜찜함은 결국 당신의 삶을 빛나게 할 것이다. 이것에 대해 나는 다음과 같이 말했다.

나는 나 자신의 고통과 마주함으로써 인간애라는 위대한 연민을 발견했고, 나의 힘으로 맨 처음 발견한 그 연민을 통해 타인을 위해서라는 또 하나의 위대한 연민을 발견해냈습니다.

많은 것들과 사투를 벌이는 동안 나는 내가 혼자가 아니라는 사실을 절실히 깨달았다. 한순간도 예외는 없었다. 오직 내게만 안 좋은 일이 닥치는 법은 없다는 것—이는 당신에게만 안 좋은 일이 닥치는 법 또한 없다는 것을 의미한다. 이보다 더 중요한 것은 우리 중 누구도 죄를 안고 태어난 사람은 없다는 사실이다. 단지 이 사실을 잊고 있을 뿐이다.

우리는 우리 자신을 사랑하는 것이 아니라 증오하도록 강요받아왔다. 자신을 향한 이런 식의 공격성은 우리가 배울 수도 없고 배워서도 안 되는 것이다. 잊었던 것들을 다시 기억해내야 한다. 우리는 언제나 알고 있었고, 언제나 알고 있었던 그 사실을 되살려낼 수 있다. 극심한 자기혐오를, 삶에 대한 공포를 치유할 수 있다. 가장 두려운 우울조차도 우리는 극복해낼 수 있다. 희망이라곤 보이지 않을 것 같은 저 아득한 심연에도 희망이 있다. 희망은 존재하는 것이 아니라 생겨나는 것이다. 정해진 숫자의 희망이 하나씩 하나씩 써서 없어지는 것이 아니라, 언제 어디서든 필요한 곳에 필요한 양만큼 생겨나고 태어나는 것이 희망이다. 그래서 새로운 희망이라는 말이 가능한 것이다. 그것은 우리의 생각, 우리의 상상에 뿌리내려 있는 것이 아니다. 희망이란 당장 만질 수 있고 냄새 맡을 수 있는, 현실이라는 이름으로 살아 있는 지금Presence, 바로 그것이다.

치유의 여정은 우리가 원치 않는 것, 우리 안에 있는 '부정적인' 요소를 '제거'하는 것이 아니다. 치유의 여정은 그것들을 몰아낸 뒤에 어떤 완전하고 무결하게 '치유된 상태'

에 도달하는 것이 아니다. 전혀 아니다. 그런 건 치유healing 라는 관념에 불과하다. 치유는 종착역이 아니다.

진짜 '힐링'은 우리 안에 있는 '원치 않는' 요소를 사랑하고 그것의 존재를 인정하며 온전히 이해하는 행위를 포함한다.

치유는 우리 안의 가장 깊은 어둠에 닿는 일을 포함한다. 고통스런 감정들, 두려움과 증오와 맞닥뜨렸을 때 뒷걸음질 치지 않고 자비와 연민으로 감싸 안는 것을 포함한다. 우리가 도망쳐 나왔던 거부와 거절과 망각과 경악이라는 공간으로 다시 들어가 방치한 채 버려두었던 육체와 정신을 지금 이 순간의 놀라운 집중력으로 낱낱이 살펴보는 것—이것이 치유의 여정이다. 안으로 들어가야만 볼 수 있고, 들어가야만 사랑할 수 있다.

우리 내면의 두려움, 의심, 외로움은 '잘못된' 무엇처럼 보이지만 어린아이가 엄마를 찾으며 울음을 터뜨리듯 부드러운 관심을 끌어내기 위한 것이다. 때때로 그것은 비명을 지르기도 하고, 몸부림치기도 한다. 원하는 걸 얻어낼 때까지 그것은 계속된다. 원하는 것은 사랑이다. 사랑—다정하고, 늘 마음을 챙기는, 판단하지 않고, 따뜻하고, 때로는 기이하기까지 한 것―그것이야말로 우리 안의 가장 깊은 곳의 상처들까지 진정으로 치유해낼 수 있다.

이 책에서 나는 여러 가지 방법들을 동원해 당신을 초대할 것이다. 대부분은 문장으로 되어 있지만, 문장과 문장 사이의 행간에 깃든 침묵이 당신에게 가 닿을 수도 있다. 우리 자신과의 만남은 부드럽고 온화하다. 극단적인 자기애自己愛라고 할 수 있을 만큼 어색함이나 부끄러움 같은 것은 전혀 느낄 수 없을 것이다. 이때의 자기애self-love는 명상과 동의어이다.

당신이 만약 일반적으로 행하는 명상수행을 하고 있다면, 앞으로 읽게 될 내용이 당신의 수행에 좋은 영향을 미치고 깊이를 더하는 데 도움이 되기를 바란다. 또한 당신이 빠뜨린 것들을 찾아내는 데 도움을 줄 수 있기를 기대한다. 만약 아직 한 번도 명상을 접해보지 않아 전혀 새로운 분야라면, 더할 나위 없다!

명상이란 신선하고 새로운 안목으로 바라보는 것, 깨어 있는 의식으로 뭔가를 인식하는 것, 굳어버린 경험을 세심하게 다듬어 빛이 나도록 하는 것이다. 명상은 지금 이 순간에 발생하는 일이며, '지금 이 순간'은 이전에는 없었던, 전혀 새로운 시간이다. 당신이 어디에 있든, 무엇을 하고 있든, 당신은 명상이라는 이 공간으로 들어올 수가 있다.

버스나 기차를 타고 이동 중이든, 거실에서 가부좌를 한 채 눈을 감고 있든, 숲을 걷고 있거나 슈퍼마켓에서 쇼핑을 하고 있든, 공원의 벤치에 앉아 있거나 병원 대기실에서 진료를 기다리고 있든, 명상으로 들어가는 데는 아무런 상관이 없다. 혼자 할 수도 있고, 누군가와 함께할 수도 있다. 삶의 매 순간, 언제나, 경이로운 가능성을 향해 깊이 숨을 내쉬고 들이쉬며 느긋하게 걸어 내려가 당신이 있는 그곳을 신비로운 공간으로 만들어내는 것이다. 다시 시작하기, 지식을 탐구하는 것과는 다른 눈을 통해 삶을 바라보기, 당신의 삶에 대해 추상적이고 관념적으로 사고하는 일을 멈추는 것, 뭔가 다른 상태나 경험이나 느낌을 찾으려는 행위를 중단하는 것, 다른 순간으로 달려가는 것을 그만두는 것, 지금 이 순간이라는 존재의 유일무이한 시공을 진실로 온전히 경험하는 것—명상이란 바로 이것을 말한다.

지금부터, 일상의 삶이 얼마나 풍요로운지, 이 여정을 당신과 함께 떠나려 한다. 한 걸음 한 걸음, 한 호흡 한 호흡, 우리의 즐거움과 기쁨, 아픔과 힘겨움, 우울과 그리움과 희열, 아주 깊은 곳에 자리한 상처들, 마음에 새겨진 균열들을 통해 나아갈 것이다. 우리에게 '일어날 수밖에 없었던' 모든 생각들을 가만히 내려놓도록 하자. 다른 사람들이 알려준 가이드북들, 자기계발 책들, 신성한 책들도 잠시 덮어두자. 누군가로부터 전해 들은 것, 현실이라는 지도에 그려진 것은 옆으로 밀쳐두도록 하자. 우리 자신이 직접 경험한 것을, 지금 이 순간을, 지금 이 순간에 대한 자각의 불길 안에서만 온전히 경험한 것을 사랑으로 빛나게 하자.

이것이 '진짜' 명상, 당신의 삶을 살려낼 수 있는 명상이다. 지금 이 순간과 함께 순정한 매혹pure fascination 속으로 빠져드는 것, 지금 이 순간 그 자체가 되는 것 - 이것이 진정한 명상이다.

우리가 만약 침잠에 이른다면,

충분히 그럴 준비가 되어 있다면,

불만이 생겨날 때마다 우리는

왜 그럴 수밖에 없었는지를

알게 될 것이다.

— 헨리 데이비드 소로Henry David Thoreau

1

호흡이라는 기적

The Miracle of Breathing

　살다 보면 어느 순간, 우리는 호흡이란 것을 자각하게 된다. 이것은 지금Now이라는 바다의 한 지점에 닻을 내리는 가장 멋진 순간이다.

　우리가 어디에 있든, 언제가 되든, 우리 밖의 세상에 무슨 일이 일어나고 있든, 우리는 호흡이 가져다주는 강렬한 신비에 호기심을 갖게 된다. 오르다 내려가고 상승하다 잦아지는 그 숨이 우리를 살아 있게 한다는 사실 말이다. 우리가 호흡을 인지하는 것은 지금 이 순간 호흡하고 있다는 생각에, 예전에도 숨을 쉬었고 앞으로도 숨을 쉴 거라는 당연함으로부터 생겨난 것이지만, 숨을 한 번 내쉬고 들이쉬는 그 순간의 순정함과 창조적 행위는 들이쉬고 내쉬는 숨 자체를 인지하는 데서 생겨난다. 이것은 마치 호흡을 손으로 만져보는 것과 같다.

아주 잠깐이라도, 오르고 내리는 숨을, 상승하다가 잦아지는 호흡의 속도pace를 느껴보라. 지금 이 글을 읽는 동안 당신의 배와 가슴에서 일어나는 현상에 동참해보라. 호흡을 조절하거나 통제하지도 말고, 어떤 특별한 방식으로 숨을 쉬려 하지 말고. 오르고 내리는 감각을, 물결이 치듯 가슴이 올라갔다가 내려가는 것과 매우 유사한 그 움직임을 느껴보라. 그것은 아이 때부터 지금껏 당신과 함께 해왔고, 너무나도 친밀하고 친숙하다. 당신이 이런 식의 오르내림을, 상승하고 잦아지는 감각을, 가장 강렬하게 느껴본 것은 언제 어디서였는가? 이전에도 당신은 이처럼 일어나는 상승과 하강을 생생하게 지켜본 적이 있었던가?

호흡을 있는 그대로 놓아두라. 오르고, 내리고, 오르고 내리도록 내버려 두라. 그것은 바다에 이는 물결과도 같다.

호흡을 바꾸려 하지 말라. 호흡이 얕다면 얕은 그대로 두라. 깊이 호흡하고 있다면, 깊이 호흡이 되도록 놔두라. 긴장되거나 뭔가 억압된 느낌이 들더라도, 부드럽거나 드넓게 펼쳐져 있는 것 같은 느낌이더라도, 그렇게 놓아두라. 지금의 숨을 바꾸려 하지 말라. 오늘의 호흡을 이전의 호흡, 이후의 호흡과 비교하지 말라. 있는 그대로의 숨, 이 순간의 숨, 지금 이 시간의 숨, 오늘의 숨으로 호흡하라.

자연스럽게 호흡이 이루어지도록 놓아두라. 몸이 호흡 자체가 되도록 내버려 두라. 호흡을 둘러싸고 있는 감각들이 부드럽게 풀려나가도록 하라. 호흡 자체의 방식으로, 호흡 자체의 속도로, 오르고 내리도록 가만히 놓아두라.

그러고는 지켜보라! 그렇게, 여기 무엇이 있는지에 (또한 무엇이 없는지에) 집중하는 동안, 당신은 당신의 생각이 만들어낸 인생 스토리에 엮이지 않게 된다! 그러는 동안 당신은 생각으로부터, '나와 나의 삶'이라 불리는 복잡하고 드라마틱한 이야기로부터 빠져나와 살아있는 육체 속으로 미끄러져 들어간다. 습관과 통제에 따라 익숙한 세계에 머물던 당신은 미지의 세계로, 생생하게 살아있는 거대한 신비 속으로 빠져들어 가는 것이다.

만약 또다시 세상의 광란에 휘말려 당신 자신을 잃게 된다면, 호흡에게 도움을 요청하라. 도와달라고. 그러면 호흡이 당신을 도울 것이다.

당신은 광대무변하며 시간의 제약을 받지 않는 질문을 던질 수 있다. 그것은 반가운 인사와 같다. "호흡아, 잘 있었니? 넌 언제나 거기 있었구나."

당신은 신비로 가득한, 끊김이 없이 '일체가 된 호흡 Breathing One'을 만져볼 수 있다. 너무도 부드럽고 매혹적인.

그리고 인지하라. 궁극적으로는 당신이 호흡을 행하는 게 아니라는 것을. 숨 쉬는 존재 자체가 바로 당신이라는 것을. 당신과 호흡이 하나라는 사실을.

2

진정한 치유는 어떻게 일어나는가

How True Healing Happens

어린아이 때, 우리는 자신에게 일어나는 어떤 느낌의 상태들, 몸에서 일어나는 감각들, 내면에서 느끼는 억압과 자극, 생각, 욕망, 바람 등에 대해 솔직한 의견을 드러내기는커녕 그것들을 좋지 않은 것으로 받아들였다. 우리는 우리 자신의 일부임에도 불구하고 그것들에 대해 두려움을 갖고 거부하도록 학습된 것이다.

그래서 그것들을 어둡거나 부정적인 것으로, 심지어 더럽고 병적인 것으로 치부하거나 죄악시하기까지 했다. 우리는 우리 자신을, '지금 이 순간'을 불신하도록 배워왔다. 우리는 만물과 분리되어 있으며, 온전한 전체Whole로부터 따로 떨어진 존재라고 믿어왔다. 우리는 (신이 따먹지 말라고 금한) 선악을 구별해주는 나무의 열매를 따 먹은 존재가 됐고, 그래서 우리를 둘러싼 세계와 분리된 채, 어떻게 '살아야 하는지'에 대해 주입된 사상과 관념을 바탕으로 살아가야 하는 존재가 된 것이다. 우리는 아무런 죄도 없이 원죄를 짊어진 자가 되어버렸고, 아무런 잘못도 저지르지 않았지만, 빠져나가는 방법을 알지 못했다.

여자아이들은 갈망이나 분노, 불만이나 반항, 성적 욕구나 성적 공상이 옳지 않은 것이라고 배워왔다. 그런 것들은 자연스럽지 못하고, 나쁘고 병적이며, 죄악시해야 할 것이라고, 위험하고 부끄러운 것이라고, '여자답지 못한 것'이라고 학습되었다.

남자아이들은 어땠을까? 눈물을 흘려서는 안 되고, 약함을 드러내서도 안 되며, 두렵거나 의심스런 것을 함부로 표현하지 말고, 고민되거나 바라는 것 또한 입 밖에 내서는 안 된다고 배웠다. 도움을 청하는 것도, 필요한 것을 요구하는 것도, 자신을 드러내는 것도, 그다지 허용되지 않았다.

　우리에게 유용한 것이든 그렇지 않은 것이든 다른 누군가와 공유하는 것 또한 쉽게 허락되지 않았다. 만약 예민한 감수성이 드러나기라도 하면 벌을 받거나 놀림을 받았고, 누군가와 비교되었고, 무시되었고, 빈축을 샀고, 웃음거리가 되었다. 그러다 결국 '구제 불능'이라는 소리를 들어야 했다. 우리는 그렇게 감수성과 나약함을 구별하지 못하고, 솔직함과 수치심을 헷갈리는 존재로 키워졌다.

　진짜 느낌을 숨기는 것을 통해, 주된 자아의식을 억누르고 관념적인 '나'를 만들어내는 것을 통해, 우리는 우리가 아닌 뭔가가 되어 갔다. 그런 '나'는 하나의 이미지, 가면과 다름없는 페르소나,* 사랑을 쟁취하고 인정받는 캐릭터에 불과했다. 이것은 필요를 충족하는 문제, 생존의 문제가 되어버렸다. 그랬다. 살아남기 위해, 사랑을 쟁취하기 위해, 우리는 우리가 밀어내고 숨기고 입을 다물 수 있는 모든 것

---

* persona. 다른 사람들의 눈에 비치는, 실제 성격과는 다른, 한 개인의 모습.

들을 영리하게 창조적으로 해왔으며, 우리에게 내재한 원치 않고 위험하고 위협적이고 안전하지 못한 에너지들을 파괴했다. 우리의 진짜 자아들을 억누르고, 세상이 만족해하는 '나'를 만들어 그 역할에 충실했다.

벌을 피하기 위해, 이상한 취급을 받지 않기 위해, 무시당하지 않기 위해, 주목을 받고 칭찬을 얻어내기 위해, 우리가 맺은 관계들에 한 치의 손상도 입히지 않기 위해, 우리는 그렇게 연기자가 되었다.

우리의 '어두운' 내면을 들키지 않기 위해. 나약해질 때면 강한 척했고, 어깨가 처질 때면 목에 힘을 주어 어깨를 끌어올렸고, 두려움이 느껴지면 자신감 넘치는 모습으로 위장했다. 실수를 저질렀을 때는 당황함을 감추고 스스로 제어하려고만 했다. 그렇게 최대한 자연스럽고 매우 창조적인 행위처럼 보이도록 연기에 몰입한 것이다.

어린아이 때부터 시작된 이 '진짜 자아 억누르기'는 우리를 깊은 우울의 늪으로, 분열의 늪으로, 헤어날 수 없는 트라우마의 늪으로 빠져들게 했다.

트라우마로 인해 우리는 순순히 사랑을 버렸다. 그래서

지금도 여전히 우리 안에, 깊은 곳에, 뭔가 문제가 있다고 느낄지도 모른다.

용납할 수 없는 어둡고 수치스러운 감정과 욕망, 갈망들은 여전히 우리의 내면과 무의식 깊은 곳에서 우리의 생명 에너지와 영혼을 고갈시켜 우리를 지치게 하고, 우울하게 하고, 무기력하게 하고, 불안하게 만들어, 우리 자신을 타인과 떼어놓는다.

생명의 에너지를 느끼지 못하고 계속해서 억압하는 한 우리의 면역체계는 여지없이 파괴될 것이다. 정신과 육체의 질병을 키우게 될 것이다. 우리는 왜 그렇게 될 수밖에 없는지 알지 못한 채 '살아있으나 죽은 것과 다름없다'는 느낌에 사로잡히게 될 것이다.

이때 우리는 중독의 늪, 제어할 수 없는 행위의 늪으로 빠져들지도 모른다. 술, 마약, 섹스, 인터넷, 동영상, 쇼핑, 과도한 생각과 일중독―거기서 우리는 얻을 것이다. 잠깐 동안의 일시적인 위안과 휴식을, 거기에 있는 동안만 유효한, 끝나는 순간 완벽하게 사라지는, 결코 발목을 놓아주지 않는.

《도마의 복음서Gospel of Thomas》에서 예수는 말했다.

"너희가 너희 안에 있는 것을 감추기만 한다면,

　그 감춘 것이 너희를 파괴할 것이다."*

예수의 이 말만큼 트라우마를 완벽하게 묘사한 것은 없다. 같은 뜻의 말을 예수는 다음과 같이 반복했다.

"너희가 만약 너희 안에 있는 것을 꺼내 놓는다면,

　그 꺼내 놓은 것이 너희를 살릴 것이다."**

'꺼내 놓는다'는 것은 우리가 가진 상처들을 밝혀내어 사랑으로 감싸 안는 것을 말한다. 이것이 명상의 핵심이다. 이것은 내면의 가장 깊은 곳에 숨어 있는 고통과 트라우마를 치유의 과정으로 끌어내어 씻어 준다.

　우리를 불안하게 하지 않는 친구, 치료사, 신, 우리 자신,

* "If you do not bring forth what is within you, what you do not bring forth will destroy you." 《도마의 복음서》 말씀 70.
**"If you bring forth what is within you, what you bring forth will save you." 《도마의 복음서》 말씀 70.

높다란 산, 드넓은 바다, 사랑스런 반려동물―그 무엇이든 상관없다. 우리는 그들로 하여금 우리의 가면과 페르소나를 '벗겨내도록' 할 수 있다. 그들은 우리에게 그렇게 할 수 있도록 용기를 줄 것이다. 그들은 우리가 멀리했던, 관계를 끊었던 것과 다시 연결될 수 있도록 해줄 것이다. 그들은 우리 안에 깊이 숨어 있던, 갈가리 흩어진 어두운 에너지들을 인식의 빛Light of Awareness 앞에 '꺼내 놓도록' 도와줄 것이다. 이 때문에 더 불편해질 수도 있고, 두려움이 더 커질 수도 있고, 사랑으로부터 더 멀어지는 느낌을 받을 수도 있고, 무가치하게 느껴지는 감정이 더 깊어질 수도 있다. 화가 더 끓을 수도 있고, 혼란에 더욱 빠질 수도 있다.

우리 자신을 명확히 바라보고, 그런 자신을 되비쳐보는 위험은 우리가 감수해야 할 일이다. 그렇게 우리가 조작해낸 이미지를 버리고, 숨겨둔 것을 까발리는 것이다. 그러면 우리를 억압하던 혼란과 혼돈, 그로 인해 '희생되었던' 우리의 일부들, 잃어버린 내면의 아이가 지금 이 순간으로 되돌아올 것이다. 그리고 이번에는 수치심을 느끼고, 판단하고, 조롱하고, 공격적이던 것 대신에 사랑하고, 호흡하고, 이해하고, 기꺼이 받아들이며, 관심과 호기심을 회복하게 될 것이다. 억압된 감정 안에 인질처럼 잡혀 있던 삶의 모든 힘들이 우리의 몸 안으로 되돌아오고, 분노와 슬픔과 죄의식과 두려움이 즐거움과 마찬가지로 엄청난 창조력을 가지고 있음을 자각하게 될 것이다. 그것들이 우리에게 에너지를 주고, 온전하고 강력하며 활력 넘치는 느낌들을 되돌려줄 것이다. 우리를 파괴하려 위협하던 이전의 에너지들―분노, 두려움, 비애, 이상하리만큼 강하고 깊었던 창조적 욕망들―이 우리의 가장 위대한 스승이고, 친구이자 안내자이고, 또한 우리를 키우고 우리에게 영감을 불러일으키는 원천이 될 것이다.

치유력이 복원되면서 우리는 더 이상 '영적 수행자'라는 이미지에 맞춰 살지 않게 될 것이다! 우리는 비명을 지르거나, 와들와들 떨거나, 통곡하게 될는지도 모른다. 어쩌면 새롭고 놀라운 문장으로 말할 수도 있다. 어쩌면 탈진해, 혹은 기쁨에 겨워 바닥에 쓰러질 수도 있다. 어쩌면 혼란에 빠지거나 완전히 망가진, 거칠고 '정신 나간' 몰골을 보게 될 수도 있다. 어쩌면 '우리와 전혀 다른' 것들을 느끼거나 생각하게 될 수도 있다. 어쩌면 곧 죽게 될 것 같은 느낌에, 미쳐버릴 것 같은 느낌에, 우리 자신을 완전히 잃어버릴 것 같은 느낌에 휩싸일 수도 있다.

우리가 친구로 생각해왔던 사람들이 혼란에 빠진 우리를 보고는 달아나버릴 수도 있고, 우리를 창피스러워할 수도 있다. 어쩌면 우리를 구하겠다며 헌신할 수도 있다. (그러나 그들의 헌신은 그들 자신의 불편함으로부터 그들 자신을 구하려는 것이다.)

어쩌면 우리의 외적 삶이 완전히 끝날 수도 있다. 관계들이 단절될 수도 있다. 오랫동안 지녀왔던 관점들이 사라질 수도 있다. 새로운 친구들, 새로운 가족들, 새로운 인연들이 우리를 돕기 위해 우리의 현재에 동참할 수도 있다.

어느 순간, 치유의 한가운데에서 우리는 만들어진 이야기를 떠나 영원히 지금만이 지속되는 명상의 들녘, 아무런 꾸밈도 없는 순수의 상태simplicity로 돌아가게 될 것이다. 비로소 우리의 두 발이 땅에 닿고, 숨을 호흡하게 될 것이다. 폭풍이 불어와도 막지 않는 하늘처럼, 오랜 시간을 이어온 강력한 에너지들이 우리를 통과해가도록 놓아둘 것이다.

우리는 매 순간 다시 시작할 것이다. 몸을 신뢰하며, 그 몸이 지닌 신비가 작동하는 것을 느끼게 될 것이다. 우리는 우리의 신성한 능력Divine Capacity을 기억하게 될 것이다. 우리는 고통과 즐거움, 가혹함과 부드러움, 긍정과 부정, 신성과 신성모독이 삶에 어우러져 있다는 사실을 기억하게 될 것이다. 모든 생각과 감각들이 우리 안에 집처럼 깃들어 있다는 사실을 기억하게 될 것이다. 우리를 이루는 모든 것들이 참으로 사랑스럽고 성스러우며, 그 어떤 가공도 첨가되지 않은, 자연 그대로라는 사실을 기억하게 될 것이다.

우리는 가장 큰 기쁨에서 가장 깊은 절망까지, 그 모두를 가지게 될 것이다. 아기를 출산한 엄마처럼, 우리가 살고 있는 이 행성처럼, 대지처럼, 당신은 당신의 지금 이 순간을 모두 가지게 될 것이다. 기적 같은 현재를, 값지고 유일무이하며 다시 반복되지 않는, 당신에게 주어진 삶을 살게 될 것이다.

지금 이 순간, 당신은 무엇을 볼 수 있는가? 무엇을 들을 수 있는가? 무엇을 느낄 수 있는가? 집중하라! 뒤로 미루지 말라! 평화로운가? 긴장되는가? 피로한가? 환히 열려 있는 느낌인가? 생각하려 들지 말라. 그냥 보라. 당신 안에서 뭔가 다툼을 벌이고 있는가? 뭔가 기대가 되는가? 텅 빈 것 같은가? 가득 차 있는 듯한가? 흥분되는가? 슬픈가? 외로운가? 걱정이 이는가? 기쁨이 밀려드는가? 고요한가? 조급한가? 의자에 앉아 있는 듯한가? 침대에 누워 있는 느낌과 같은가? 서 있다면 서 있는 느낌이 확연히 드는가? 숨을 쉬고 있다면 숨을 쉬고 있다는 느낌이 확연히 드는가? 호흡이 빨라지거나 느려지는가? 얕아지거나 깊어지는가?

지금 이곳에 살아있는 것이 무엇이든, 아주 잠깐이라도, 당신의 전적인 관심으로 그것을 축복할 수 있는가? 지금 이곳에 근심이 있다면, 그것을 없애려 들지 말라. 텅 빈 듯한 공허가 느껴진다면, 그곳을 뭔가로 채우려 들지 말라. 외로움이 밀려든다면, 기쁨이 인다면, 의심이 든다면, 그것들을 판단하려 들지 말고 그대로 받아들이도록 하라.

화가가 자신에게 보이는 것을 그대로 그려내듯, 연인이 사랑하는 사람과 사랑을 나누듯, 지금 이 순간을 온전히 가지도록 하라. 바꾸려 하거나 고치려 하지 말고, 전체를 온통 끌어안아 그 속으로 빠져들어 가라. 당신이 만약 여기에 있을 수 없다면, 이곳에 있는 것을 허락할 수 없다면, 당신은 이런 감정을 느끼려 해도 느낄 수 없을 것이다.

하지만 당신은 지금 이 순간 이곳에 있다—그런데도 받아들이지 않는다면, 그것은 쉼 없이 저항하고 거절하고 분열되는 것과 마찬가지다. 단 한순간이라도 고쳐보겠다는 생각, 치유하겠다는 생각, 초월하려는 생각, 멀리 떠나보내야겠다는 생각을 하지 말라.

3

우울에서 깊은 휴식으로

From Depressed to Deep Rest

이 행성에서 살아가는 사람은 누구나 겉으로는 아무리 행복해 보여도, 정도는 다르지만 저마다 우울증을 앓고 있다. 거짓 자아에 의해 억눌린 상태는 그 자체로 우울의 깊이를 말해준다. 만들어진 이미지를 붙들기 위해, 자신의 진짜 모습과는 상관없는 캐릭터를 연기하기 위해, 영혼 깊숙한 곳에서 절망적인 사투를 벌이며 지쳐간다.

우리가 바라는 것은 그리 거창한 것이 아니다. 그만 연기를 끝내고 온전한 자신으로 다시 돌아가는 것이다. 우리가 갈망하는 것은 우리 자신과 분리되려 애쓰는 연기자의 삶에서 깨어나는 것, 우리 몸에 걸쳐진 가짜 옷을 벗어버리는 것, 우리의 가족과 문화가 구성해놓은 대본을 찢어버리는 것—그리하여 진짜 나로 살아가는 것뿐이다. 우리가 진정한 느낌, 욕망, 충동, 갈망을 억누르고, 무의식으로 추방하고, 가면을 쓴 채 이 세상을 살아간다면, 우리가 우울증에 시달리고, 무기력에 빠지고, 말문이 닫히고, 그러다 자살 충동에 휘말리는 것은 당연한 일이다.

우울증을 겪는 것은 잘못이 아니다. 오히려 잘못과는 정반대로, 매우 현명한 일이다. 우울증은 모닝콜과 같다. 우울증은 오래도록 오해받고 있는 티켓이다.

그 티켓에는 우울에 빠진 우리가 돌아가야 할 목적지가 적혀 있다. 깊은 휴식, 느림, 현존現存, 진실—이곳에는 살아 숨 쉬는 육체, 감각, 자연스러움이 있다. 이곳으로 돌려보내기 위해 우울증은 정신과 공포, 걱정과 후회로부터 우리를 깨운다. 우울증이 보내는 신호는 거짓 자아를 죽이고, 우리가 연기해온 캐릭터를 '죽이고' 본연의 우리로(있는 그대로를) '살라고' 요청한다. 만들어진 이미지를 놓아버리는 곳, 살아 숨 쉬는 지금 이 순간으로부터 더 이상 도망치지 않는 곳, 우리의 상처와 트라우마를 가장 부드러운 손길로 어루만지는 곳, 사랑 어린 관심으로 우리 자신과 가장 친근하며 우리가 직접 경험한 것 속으로 온 마음을 다해 빠져들어 가는 곳, 우리의 눈부신 분노와 멋진 슬픔과 꼭꼭 숨겨놓은 두려움을 드러내는 곳, 우리의 길을 걷고 겁 없이 앞을 향해 성큼성큼 나아가는 곳, 유일무이한 진실을 큰소리로 외치는 곳, 내면의 야생과 창조의 힘을 억누르지 않는 곳, 있는 그대로의 우리 자신을 숨기지 않고 따르는 곳, 거짓을 죽이고 현실을 일깨우는 곳―우울증이 우리를 최종적으로 이끌어가는 종착지다.

자살 충동에 휩싸이던 우울증과 실존적 절망은 내 생명을 수백 번이나 구해내는 것으로 임무를 다했다. 치유의 길로 나아가도록 내 등을 떠민 것이다. 우울증은 내 안에 존재하는 가장 심오한 경지의 우주적 휴식cosmic rest을 발견하게 해준 신호였다. 나를 그토록 비참하게 만들어, 대체 내가 무엇에 사로잡혀 있었는지를 질문하게 만들었다는 점에서 나는 지하세계의 신들에게 감사하고 있다. 그래서 나는 내가 누구인가라는 의문을 품기 시작했고 동시에 두 발을 딛고 있는 이 땅과 사랑에 빠지기 시작했다.

더 이상 나는 내 육체와 정신을 파괴할 필요가 없었다. 내가 죽여야 할 것은 '자아'라는 조작된 이미지였다. 내가 멈추어야 할 일은 '나'라고 찍힌 사진을 '진짜 나'라고 여기는 짓이었다. 내게 필요한 것은 지금 이 순간과 사랑에 빠지는 것—연민 어린 '영적 자살'을 결행하는 것이었다. 이것은 자각이라는 엄청난 역설great paradox이었다. 우리는 우리의 진짜 삶을 위해, '있는 그대로'의 진짜 우리로 성장하기 위해, 우리가 아닌 모든 것을 '죽여야'(그냥 가도록 내버려 두어야) 한다. 우리는 별과 달, 새벽에 이동하는 제비들과 들녘의 야생화와 하나가 아니라는, 우리와 따로 떨어져 존재한다는 잘못된 인식을 죽여야 한다.

4

풍요해지기를 기다리지 말라

Stop Waiting for Abundance

당신도 어렸을 때는 꿈 꾸기 좋아하고, 꿈이 흘러가는 대로 놓아두었다. 당신은 그렇게 지금이라는 시간을 살았다.

나이가 들어가면서 당신에게 꿈은 도달해야 할 지점이 되고, 성취해야 할 심각한 목표가 되어, 꿈은 '꾸는' 것이 아니라 '가지는' 것이 되기 시작했다. 당신의 행복은 지금이 아니라 미래와 연결되고, 중요한 것은 여정 자체가 아니라 목적지가 되어갔다.

당신은 살아있다는 사실이 얼마나 값진 것인지를 매번,

매 순간, 빠르게 잊어갔다.

물론, 당신이 원하는 것은 당신의 꿈이다. 특별한 미래에 대해 비전을 갖는 것, 당연한 일이다. 그러나 당신의 꿈들이 자연스럽게 흘러가도록 놔두는 것, 삶이라는 강을 따라 흘러가도록 놓아두는 것, 모든 꿈들이 시작되고 끝나며 태어나고 죽는 그곳으로 당신의 관심을 돌려보내야 한다는 것, 그곳이 지금 이 순간present moment이라는 사실—이것을 알아야 한다. 꿈이나 희망을 당신이 두 발을 딛고 있는 그곳에서 달아나기 위한 변명거리로 삼지 말라. 지금 당신이 있는 그곳이 너무도 소중하고 귀하기 때문이다.

당신이 있는 그곳을 사랑하라. 당신이 마주하는 순간과 순간에서 배우도록 하라. 그 길 위에 놓이는 일상의 걸음들을 끌어안으라. 그 순간들은 '텅 비어 있는' 것처럼 보일 것이다. 얼핏 삶과 아무런 관련이 없는 것처럼 보일 것이다. 특별한 것도 없고, 아무 일도 일어나지 않는 것처럼 보일 것이다. 그 '아무것 없는 것'을, '이제 나타나게 될 것'을 기다리고 그리워하고 찾고 갈망하는 그 미묘한 감각을 사랑하라. 기다림과 성취, 꿈과 꿈의 충족 사이에 놓인 그 공간에서 춤추고 숨 쉬는 법을 배우라. 지금 당장 원하는 것을 갖지 않는 것을 사랑하라. 드라마틱한 장면과 장면 사이의 공간에 감사해야 할 어떤 것이 있는지를 깨달으라. 거기에 놓인 엄청난 잠재력에, 그 공간의 아름다움과 충만함에, 결핍의 오묘함에, 충만한 공허에, 텅 비어 있다는 것 자체에.

'결핍'만이 공간을 만들어낼 수 있다는 사실을 인식하라. '불완전한' 느낌, 텅 빈 것 같은 느낌조차도 마음의 집을 찾아온 소중한 방문객이다. 가슴으로, 배로, 지친 머리로 숨을 들여보내라. '결핍'이라는 감각을 이제껏 가져보지 못한 인식awareness들로 채우라. 몸으로 빛이 스며들게 하고, 관심과 사랑으로 그곳을 채우도록 하라. 당신의 몸통, 어깨, 목, 다리, 당신의 온몸이 묵직해지고 충만해졌다는 것을 느껴보라. 감각이 풍성해질수록 그 감각이 정적에 휩싸인 듯 고요해지는 것을 느껴보라.

당신이 원하는 것을 가지지 못했을 때조차 당신은 당신이 원하는 바로 그곳에 있다. 당신이 서 있거나 앉아 있는 그곳을 사랑하는 것, 그게 바로 당신이 원한 것이다. 당신이 기다리는 동안, 혹은 기다린다는 사실조차 잊은 채 유일무이

하여 재방송이란 없는 '당신 자신'이라는 미스터리한 영화를 음미하는 동안, 당신이 두 발을 딛고 있는 땅은 풍요로 가득 차게 될 것이다.

두 팔을 활짝 벌려 당신에게로 오는 것이 무엇이든 받아들일 준비를 하라. 당신으로부터 떠나는 것이 무엇이든 기꺼이 떠나보낼 준비를 하라. 이것이 바로 진짜 명상true meditation이다.

잊지 말라. '얻지 못함'조차 너무나도 큰 '얻음'이라는 것을.

보라, 당신의 풍성한 삶을!

5

'나'를 고치려 들지 말고, 사랑하라

Stop Trying to Fix Me. Love Me Instead

"제발, 나를 고치려 들지 마십시오. 나는 고장 난 게 아닙니다. 당신에게 고쳐 달라고 청하지도 않았습니다.

당신이 나를 고치려 들 때, 당신은 무심코 무가치함, 수치스러움, 열패감, 심지어 내 안에 있는 자살 충동을 유발하는 자기회의自己懷疑 self-doubt까지 들추어내 활성화시킵니다. 나로선 어쩔 도리가 없습니다. 당신을 만족시키기 위해 내가 바뀌어야만 한다는, 당신의 걱정을 덜어주기 위해 나자신을 변화시켜야만 한다는, 지금의 나를 밀쳐내는 당신을 위해 나 자신을 고쳐야 한다는 느낌에 휩싸이고 말죠. 하지만 나는 압니다. 그렇게 할 수 없다는 것을. 당신의 시간표에 나를 맞출 수는 없다는 것을. 나를 고치려 든다는 건, 나를 억지로 붙들어 매려는 것입니다. 그럴 때 나는 한없이 무기력해집니다.

당신의 의도가 사랑이라는 걸 압니다! 당신이 진정으로 나를 도우려 한다는 것도 압니다. 당신이 나를 위해 그런다는 걸 압니다. 당신의 눈에는 고통당하는 사람들이 보이고, 당신은 그 사람들이 고통에서 벗어나기를 원합니다. 당신은 희망을 주고 싶고, 깨어나게 하고 싶고, 보살펴주고 싶고, 가르쳐주고 싶고, 영감을 부여하고 싶어 하죠.

당신은 당신이 긍정적이고, 연민으로 가득하며 이타적이고, 다정하고, 선하고, 친절하며 순수하고, 영적으로 충만한 존재라는 믿음을 의심해본 적이 없습니다.

그러나 내가 당신에게 원하는 것은, 진정으로, 친구를 알아 달라는 겁니다. 당신이 오랫동안 지켜온, 나를 '사랑'하는 그 방식은 나를 '사랑하지 않는 것'으로 느껴지게 만듭니다. 나를 뜯어고치려 들 때의 당신은 무척이나 여유롭게 보여서 마치 수리가 필요한 고장 난 기계를 대하는 것 같습니다.

'친절하고, 도움을 아끼지 않고, 영적으로 충만하다'는 미명 아래 당신이 나를 고치려 하는 순간, 당신의 모습은 나의 숨통을 조이고, 옴짝하지 못하게 만들고, 꺼려지고, 수치심을 자극하는, 사랑과는 완전히 다른 모습으로 바뀌어 버립니다. 저는 그만 당신의 사랑을 포기하고 싶어집니다. 무슨 느낌인지 아시나요? 내게 드는 느낌은 당신이 진정으로 나를 위하는 게 아니라는 것입니다. 당신이 아무리 나를 위하는 것처럼 보여도 어쩔 수 없습니다.

당신의 깊은 곳에는 나의 사진 한 장이, 내가 어떻게 되어야만 할 어떤 인간의 모습이 자리하고 있습니다. 하지만 그건 내가 아닙니다. 그건 당신이 만들어낸 이미지일 뿐입니다. 내 것이 아닙니다. 당신의 그 사랑은 폭력과 다르지 않습니다. 내 말을 이해할 수 있나요?

당신이 나를 '도우려 하는 것'을 멈추는 순간, 당신은 내게 가장 훌륭한 도우미가 될 것입니다! 그때 나 역시 어떻게든 당신을 기쁘게 하기 위해 나를 변화시키려는 시도를 멈추게 될 겁니다. 그때 나는 '있는 그대로'의 나를 편안히 느끼고, 존중하고, 감추지 않고, 자랑스러워할 것입니다. 그때 나는 내 고유의 능력을 발휘하는 삶으로 돌아갈 수 있게 될 것입니다. 당신이 나를 믿어주는 그것과 다르지 않은, 나 자신에 대한 믿음을 복원하게 될 겁니다. 그리고 그때 나는 긴장으로부터 완전히 풀려나게 될 것입니다.

당신이 가하는 압박이 없다면, 나 자신을 포기하고 다른 존재가 되라는 당신의 요청이 사라진다면, 치유를 통해 '더 나은 존재'로 바뀌어야 한다는 가르침이 멈춘다면, 나는 나 자신을 '더 나은 방식'으로 바라볼 수 있게 될 것입니다. 그때 나는 나만의 자질들을 발견하게 될 것입니다. 그때 나는 내가 활력 넘치는 존재라는 사실을 알게 될 것입니다. 긴장 감에 사로잡힌 채 나의 진짜 감각들을 따르지도 못하고 표현하지도 못하는 상태에서 벗어날 것입니다. 내가 무엇을 생각하고 어떤 욕구를 가지고 있는지를 정확히 알게 될 것입니다. 그때 비로소 나는 내 자신의 통찰력perception을 가지게 될 것입니다. 억압당하는 느낌, 희생당하는 느낌, 노련한 어른들 앞에서 언제까지나 미숙한 어린아이로 남겨질 듯한 느낌을 더 이상 받지 않게 될 것입니다. 내 안의 용맹한 전사가 깨어날 것입니다. 더 깊이 호흡하게 될 것입니다. 비로소 나의 두 발이 견고하게 딛고 있는 땅을 느끼게 될 것입니다. 내게 일어나는 일들 하나하나, 내가 겪는 일들 하나하나를 사랑이 가득한 눈으로 바라보게 될 것입니다. 나를 불쾌하게 만드는 것들조차 나는 사랑으로 대하게 될 것입니다. 내 감각들은 둔감한 상태에서 벗어나게 될 것이고, 치유의 에너지가 내면 깊은 곳에서 샘솟을 것입니다. 당신이 나를 못마땅하게 생각하는 것 또한 더 이상 나를 억압하지 않을 것입니다. 나는 나를 존중할 것이고, 더 이상 수치스러워하지 않을 것입니다. 만들어진 이미지란, 한낱 죽은 존재라는 사실이 밝혀질 것입니다. 생생히 살아있는 존재가 된 나로 인해서 말이지요.

당신이 나를 친구로 여긴다면, 나를 도와주려는 것을 멈추는 일이 진정으로 나를 도와주는 것입니다! 내게 필요한 것은 당신의 것이 아니라 나에게 맞는 답, 내가 가진 진실입니다. 나는 친구를, 지금 이 순간을, 진정한 것을, 부서지고 치유되는 나를 묵묵히 지켜봐 주는 누군가를 원합니다. 전문가를 원하는 것이 아닙니다. 구원자를 원하는 것도 아닙니다. 내가 지나가고 있는 통로를 가로막는 누군가를 원하는 것이 아닙니다.

당신이 나를 구하려 할 때, 당신은 당신 자신을 내던지게 된다는 것을 아십니까? 당신은 나를 구하기 위해 내게 집중하게 되고, 불만이 생기더라도 직시하지 못합니다. 나는 결국 당신의 내면을 분열시키는 존재가 되고 맙니다. 나는 더이상 당신에게 그런 존재가 되고 싶지 않습니다…."

우리, 서로를 고치거나 구하려는 시도를 더 이상 하지 말자. 대신 서로를 사랑하자. 서로에게 인사를 건네자. 서로에게 축복을 빌어주자. 있는 그대로의 우리, 실제로의 우리, 사실상의 우리, 현실에 존재하는 우리로 살아가자.

6

당신이 만약 슬픔을 느낀다면…

If You Are Feeling Sad

  당신이 만약 슬픔을 느끼고 있다면, 당신은 미진동微振動, 즉 '낮은 단계의 떨림low vibration'으로부터 격상된 상태에 있는 것이다. 당신은 아픈 것도, 고장 난 것도, 편견에 찬 것도, 치유로부터 멀리 떨어져 있는 것도 아니다. 당신은 '자아라는 덫'에 채인 것도 아니고, '분리된 자아'에 엮인 것도 아니다. 당신은 부정적인 존재도 아니고, 수리가 필요한 상태도 아니다. 슬픔은 잘못이 아니다. 그것은 당신 안에서 삶이 움직이고 있다는 것을 말한다. 삶이 어떻게 잘못일 수 있는가? 그렇게 말하거나 생각하는 것이 잘못이다.

지금 슬픔을 느끼고 있는 당신은, 완벽하게 온전하다.

진동이 일어나고 있는 상태, 그 떨림을 느끼고 있는 상태는 지금 상영되고 있는 영화를 지금 관람하고 있다는 것을 말하며, 그것은 완벽하게 온전하다.

슬픔이 느껴지는 것은 해결책이 필요한 상황도, 구급대원을 불러야 할 문제적 상황도 아니다. 그것은 당신이 사랑과 수용과 포옹과 휴식을 그리워하고 있다는 신성하고 값진 신호이다.

당신은 오늘 슬픔으로 축복받은 것이다. 당신은 슬픔의 집으로 초대되어 가고 있는 것이다. 당신을 초대한 참으로 값진 주인의 손길을 뿌리치지 말라.

7

느긋해지기

- '행동하는 자'라는 강박에서 벗어나라

Relax, You Are Not the Doer

스트레스란 무엇일까? 스트레스는 지금 이 순간과 지금 이 순간이 어떻게 되어야 하는지에 대한 당신의 심적 이미지mental image 사이의 긴장, 그 '밀고 당김'을 가리킨다. 스트레스는 당신이 '미래에 해야 할 일'이라고 관념적으로 만들어놓은 리스트에 갇힌 채 '아직은 해서는 안 되는 일들'과 '지금 해야만 할 일들'과 '놓치고 있는 멋진 일들'에 대해 정신적으로 받는 압박이다.

스트레스에는 늘 '과거와 미래에 대한 생각'이 포함된다.

이로 인해 당신은 당신의 두 발이 딛고 있는 진정한 토대 Ground, 당신의 힘과 능력이 유일무이하게 실재하는 곳―지금 이 순간, 지금 이곳, 오늘이라는 시간을 망각한다.

당신의 집중력이 지금이 아닌 것에서 지금이라는 것으로 옮겨질 때, 지금이 '결핍된 공간'으로부터 지금이 풍성하게 존재하는 '이곳'으로 옮겨질 때, 리스트에 적힌 수십 가지 목록들을 실행하려고 버둥거리는 대신에 그저 다음 것을 행할 때, 지금 주어진 그것을 행할 때, 이곳에서 할 그 일을 행할 때, 당신은 당신의 관심과 열정과 존재의 가치를 온전히 쏟아낼 수 있다. 그때 당신은 어렵지 않게 일을 처리할 수 있다. 감각이 절대치까지 살아있기 때문이다. 그때 일이 처리되는 것은 마치 저절로 이루어지는 것과 같다.

느긋해지도록 하라. 당신은 당장 뭔가를 해야 하는 '행동 강박자'가 아니다.

8

파열과 수리

The Rupture and the Repair

우리의 꿈과 계획들이 무너진다면, 그때 무너지지 않는 것은 무엇인가?

먼저 파열破裂이 일어난다. 현재의 상황들이 낱낱이 흩어진다. 오래 묵은 안정은 사라진다. 오래 묵은 상처가 방아쇠를 당기고, 고통스런 육신이 다시 부각되고, 무의식의 심연에 묻어둔 트라우마가 표면에 떠오른다. 당신은 방향감각을 상실한, 땅이 꺼져버린, 집을 잃은, 가야 할 곳을 알지 못하는 느낌에 휩싸인다. 구세계가 허물어졌는데, 신세계는 아직 만들어지지 않았다.

당신은 야생 그대로의, 옛꿈들에 의해 보호받지 못하는, 집착할 것이 없는 지금Now이라는 낯선 공간, 순수한 현존現存이라는 낯선 실체와 마주한다. 이곳에는 당신의 그 '신이라는 철지난 개념'조차 허물어지고 없다.

이때 당신은 내쉬고 들이쉬는 호흡을 기억하게 될 것이다.

당신은 지금 이 순간이라는 안전지대로 돌아간다. 거기서 당신은 당신의 두 발이 딛고 있는 땅을, 당신의 몸이 지닌 무게를 다시 느끼게 된다. 그리고 광기에 휩싸인 당신의 마음을 살펴보게 된다. 명심하라, 그것은 당신 자신을 잃는 것이 아니라, 당신 자신을 확인하는 일이다. 당신은 통제할 수 없을 만큼 마구 휘돌고 있는 당신의 생각들을 지켜보게 된다. 그러나 이 사실을 아는 한 그것은 통제할 수 없는 것이 아니다. 단지 그 상황이 통제할 수 없는 것처럼 보일 뿐, 당신은 그 상황을 온전히 통제하고 있다.

절대 변하지 않는 것은 당신의 마음이 아니라 그것을 관찰하는 당신이다. 당신의 마음은 항상 바뀐다. 하지만 그것을 지켜보는 당신은 결코 바뀌지 않는다. 이러한 인식이 모든 것을 변화시킨다.

이제 당신은 지금now을 느끼고 있다는 사실을 느끼게 된다. 두려움을, 분노를, 무감각을, 슬픔을, 외로움을, 불안을—그 어떤 것이든 바로 그것을. 오늘을 온전히 느끼도록 허용하라. 도망치지 말라. 느낌은 그냥 느낌이다. 별다른 게 있을 수 없다. 에너지의 흐름이다. 옴짝달싹 못하는 '팩트'가 아니다. 현존이, 지금 있음이, 흘러가는 그것을 흘러가도록 놓아두는 것—이것이 느낌이다. 당신은 몸부림치고, 흐느껴 울고, 비명을 지른다. 그리고 당신은 수리되어간다. 당신은 치유하기 위해 부러진 것이고, 수리되기 위해 파열이 일어난 것이다. 오직 사랑으로, 받아들임으로, 친절로 축복받기 위해 오래 묵은 에너지들이 드러난 것이다. 거기에는 단지 오늘 이 순간only today만 있다.

당신과 관련된 삶은 지금 이 순간의 삶밖에 없다. 과거의 삶도 미래의 삶도 아닌, 오늘의 삶이 당신의 삶이다—부디 이 사실을 잊지 말라.

당신은 무언가가 있었던 그때로 되돌아갈 수 없다. 당신은 당신이 본 것을 보이지 않게 할 수 없다. 당신은 현재에, 지금 이 순간에 존재할 수밖에 없다. 당신의 발걸음을 의식할 수 있는 곳은 지금 이 순간에 있다.

당신이 살아있는 매 순간순간에 감사하라. 공기와 비, 드넓은 하늘에 감사하라. 당신을 지탱하는 발과 다리, 척추에 감사하라. 뭔가를 쥐고 옮길 수 있는 팔에 감사하라. 날마다, 쉼 없이 뛰는 심장에 감사하라. 당신의 어깨, 머리, 폐와 근육에, 당신의 몸속 장기들에, 말로 다 할 수 없는 그들의 신비로움에 감사하라.

당신의 구세계가 허물어질 때, 당신은 알려지지 않은 길, 새로운 길을 걷게 될 것이다. 지금과 가장 가까운 곳에서, 믿음과 용기를 가지고, 천천히, 조심스럽게, 그리고 신중하게. 당신은 새로운 삶으로 한 걸음씩 나아갈 것이고, 걸음을 옮길 때마다 당신의 세계가 치유될 것이고, 매 순간들과 친밀해질 것이다.

9

당신의 나머지 반쪽이라는 신화

Your Other Half

"난 당신 없이 살 수 없어."

"당신은 나를 완성시키는 존재야."

"당신이 없다면, 난 빈 껍데기일 뿐이야."

"제발 날 떠나지 마."

그들은 당신에게 사랑에 관한 아름다운 거짓말을 팔았다. 당신은 알고 있다. 아무도 당신을 구하러 오지 않는다는 것을. 백마를 타고 오는 왕자는 없다. 줄리엣 같은 연인도. "어떤 특별한 존재"란 존재하지 않는다. 나를 대신해 줄 사람은 없다. 당신의 모든 의심과 고통과 공허를, 어릴 때부터 줄곧 당신의 내면 깊은 곳에서 싹튼 분열과 포기를 한방에 날려버릴 메시아, 구세주, 신은 없다. 당신의 느낌들을 고스란히 느껴주고, 그러모아 주고, 활성화시켜 주는 존재 따위는 없다. 당신을 위해 살아주고 죽어줄 수 있는 존재는 없다. 당신이 떠나는 내면으로의 여정을 당신에게서 영원히 떼어놓을 수 있을 만큼 힘을 가진 존재 따위는 없다. 당신을 소유할 수 있는 존재도, 당신에 의해 소유당하는 존재도 없다. 그 누구도 당신을 완전하게 만들 수 없다. 그 누구도 당신을 구원하러 오지 않는다. 이것은 끔찍하도록 멋진 뉴스다.

당신의 나머지 반쪽, 당신을 완성시켜 주는 자, 당신을 구원하는 자, 이번 생에서 당신의 궁극적 목적을 달성시켜 주는 자—그런 존재는 당신 바깥에 있지 않다. 당신은 알고 있다. 당신의 내면 저 깊은 곳에 존재하고 있다는 사실을. 당신 자신의 온기로 가득한 지금 이 순간의 내면에 태양처럼 뜨겁게 살아있다는 사실을.

너무도 많은 사람들이 사랑을 찾는다. 혹은 자꾸만 손가락 사이로 빠져나가는 것 같은 사랑을 부여잡으려 애쓴다.
그들은 사랑을 잃어버린 느낌에 휩싸이고, 그 사랑을 돌아
오게 하려 애쓴다. 이때 그들은 포기하려는 불편한 감정들
을 밀어내고 더 많은 꿈들을 그러모아 일련번호를 매기면
서 그들 자신과는 점점 더 멀어진다. 거머쥘 수 없는 뭔가를
추구하고, 그것들을 완성시켜 줄 "어떤 특별한 존재"를 꿈
꾸고, 그 존재가 심리적 안정이란 것을 평생 가져다주기를
갈구하고, 지구라는 행성에 한 번도 존재한 적 없는 완벽한
부모가 되기를 갈망한다.

그것은, 당연히, 사랑이 아니다. 그것은 고독이 몸서리치
도록 싫어서 황급히 떠난 자가 겪는 공포다.

우리는 한 번도 혼자가 되는 법을 배운 적이 없다.

당신이 만약 사랑을 발견하거나 잃어버릴 수 있다면, 당
신이 만약 그 '안' 혹은 '밖'에 존재할 수 있다면, 사랑이 만
약 당신에게 주어지거나 빼앗을 수 있는 것이라면, 당신이
만약 사랑과 싸워야만 한다면, 구걸해서라도 그것을 얻어
보라. 그걸 얻을 수 있다면 당신 자신이나 남들을 구워삶
으라. 그것이 그토록 가치 있는 것이라고 느껴진다면, 가

져보라. 쟁취해보라. 꽉 붙들어보라. 이해하려고도 해보라. 그러면 알게 될 것이다. 그것이 당신의 마음이 만들어낸 사랑의 버전version이란 것을. 그것은 거짓말이다. 진실이 아니다.

당신이 만약 사랑한다면, 당신은 지금 이 순간에 존재하고 있다. 바로 이것이다. 사랑은 단순하고 친절하다. 얻기 위해 노력이 필요한 것이 아니다. 당신이 만약 누군가를 사랑한다면, 당신은 그 누군가와 지금 이 순간에 존재하고 있다. 당신이 지금 이 순간 그 누군가와 함께 있다는 것은 당신이 당신 자신과 함께 있는 것과 같다. 지금 이 순간, 하늘에는 태양이 떠 있다. 구름이 덮이고, 폭풍이 불고, 끊임없이 날씨가 변한다 해도, 태양은 늘 그곳에 떠 있지 않은가.

사랑을 욕망과 혼동하지 말라. 욕망은 오기도 하고 떠나기도 한다. 그것은 밝게 빛나기도 하고, 화염을 끌며 사라지기도 한다. 욕망은 영원히 지속되지 않는다. 사랑은 다르다.

사랑과 매혹을 혼동하지 말라. 매혹은 아름답다. 하지만 밀물과 썰물처럼 밀려왔다가 쓸려가고, 바다에 이는 파도처럼 올라가면 다시 내려간다. 매혹은 계절마다, 하루마다, 매시간마다, 매 순간마다 변한다. 영원히 지금 이 순간에 머물지 않는다. 사랑은 다르다.

사랑을 따뜻함과 혼동하지 말라. '사랑 안에 있는' 따뜻한 느낌, 즐거운 느낌, 화학작용이 일어나는 듯한 느낌, 가로등이 환히 비추는 것 같은 느낌과 기분을 좋게 만드는 느낌들은 생각한 것보다 빠르게 고통스런 느낌으로 돌아선다. 사랑은 즐거움도 고통도 아니다. 사랑은 절정도 아니고, 몰락도 아니다. 그것은 인내의 들녘이다. 축복이 절망으로 빨려 들어갈 때조차 그렇다. 사랑은 모든 감정들이 거주하는, 모든 느낌들을 위해 제공된, 거대한 우주다.

누군가를 소유하거나 누군가에 의해 소유당하는 절박한 상황과 사랑을 혼동하지 말라. 사랑은 '사랑의 열병'이 아니다. 사랑은 강박하지도 강요하지도 않는다. 사랑은 붙들어 매지 않는다. 사랑은 그 어떤 것도 소유하지 않는다. 사랑은 무게도 없고, 맑고 투명하여 형태도 없다. 사랑은 "당신이 필요합니다. 당신이 있어야 내가 행복하고, 만족하고, 살아갈 수 있습니다." 같은 말을 하지 않는다. 기억하라.

사랑은 자유와 동의어다. 사랑은 드넓게 열린 가슴, 모든 느낌들을 느끼고, 모든 생각들을 생각하려는 의지와 동의어다.

가장 음산한 신화는 '우리를 행복하게 만들어 줄' 능력자가 존재한다는 이야기다. 어림없는, 말도 안 되는 말이다. 행복은, 진짜 행복은, 묶음 단위로 포장되어 사고파는 따위가 아닌 행복은, 당신 자신이 두 발을 디딘 지금 이 순간과 함께한다. 그 누구도 그걸 당신에게 주거나 빼앗아갈 수 없다. 그것은 나이를 먹지 않으며, 시간을 초월하며, 형태를 가지지 않는다. 지금 이 책을 읽고 있는 것처럼 부인할 수 없는, 생생한 현실이다.

당신이 만약 행복해지기 위해 누군가를 찾고 있다면, 당신은 늘 그 사람들에게 의지하게 되고, 그들을 잃을까 두려워할 것이다. 걱정과 후회가 당신의 '사랑' 아래에서 신음을 낼 것이다. 당신은 그들이 즐겁도록 당신 자신을 그들에게 적응시키고, 불편한 생각과 느낌들의 입을 틀어막을 것이다. 진실을 향한 눈이 감길 것이고, 환상과 희망 안에서 살아가게 될 것이다. 당신은 그들의 사랑을 얻기 위해, 그들을 지키기 위해, 그들의 흥미를 떨어뜨리지 않도록 하기 위해 당신 자신을 불행하게 만들 것이다. 그들을 행복하게 하려고 당신이 불행해지는 것, 그것이 못마땅해 당신 자신을 억지로 행복으로 욱여넣는 것―이것은 사랑이 아니다. 이것은 중독이다. 어떤 한 사람에게, 어떤 한 생각에게 중독되는 것이다. 이것은 두려움을 '로맨스'로 위장한, 거짓말이다.

모든 중독 아래에는 갈망이 있다. 돌아가고픈 집home, 가서 말없이 안기고 싶은 어머니에 대한 그리움.

당신의 내면 깊은 곳에 자리하고 있는 집을 찾도록 하라. 당신의 몸을 당신의 집과 당신의 어머니로, 당신의 호흡을 당신의 아버지로 만들라. 지금 이 순간 당신이 숨을 내쉬고 들이쉴 때마다 오르내리는 당신의 배를 당신의 친구로 만들라. 당신의 손과 어깨, 당신의 얼굴을 느껴보라. 당신이 입은 옷의 무게, 아침과 오후와 저녁과 밤의 소리들을 느껴보라. 그들을 당신의 연인으로 만들라. 당신이 두 발을 디디고 있는 땅을 둘러보라. 그 땅은 생생하게 살아있는 감각 속에, 친구의 두 눈 속에, 아침 출근길 도로 위를 지나는 차

량들의 소리 속에, 갓 구운 빵의 냄새 속에, 매일매일 당신과 함께하는 동경과 흥분과 권태 속에 놓여 있을 것이다. '지금 이 순간'이라는 시공간 안에서 당신에게 힘을 불어넣어 주는 사람, 당신을 살아있게 하는 사람, 당신과 공감하는 사람, 당신의 귀중한 느낌들을 기꺼이 인정해주는 사람들과 시간을 보내도록 하라. 당신이 만약 사랑을 쟁취하려 들지 않는다면, 당신이 만약 당신 자신의 불편한 느낌들로부터 도망치지 않는다면, 당신은 진정한 사랑을 얻게 될 것이고, 진정으로 사랑받게 될 것이다.

당신이 가진 사랑의 들녘으로 사람들을 초대하라. 그곳으로 와서 머물게 하라. 그곳에서 떠나고 싶어 한다면 기꺼이 떠나게 하라. 그들이 떠날 때 잘 가라고 인사하고 당신 자신의 걸음을 용감하게 떼어놓으라. 아주 잠깐 동안이라도 거짓을 용납하지 말라. 당신의 두 발이 딛고 있는 '지금'이라는 신비로운 시공간이 아닌, 다른 어딘가에 구원이 존재한다는 거짓말을 받아들이지 말라. 구원자는 그곳에 있지 않다. 구원을 행하는 자는 거기에 있지 않다. 당신을 구원하는 자는 지금 이 순간 당신이 있는 곳—바로 거기에 있다. 이것이 진짜 명상true meditation이 존재하는 곳이다. 매 순간순간 당신이 삶과 살을 부비고, 삶이 당신과 살을 부비는 그곳 말이다.

당신이 바로 그 사람, 그 한 사람The One이다. 당신을 가장 사랑하는 사람, 당신의 파트너, 당신의 친구, 당신의 영적 스승, 당신의 성모聖母는 바로 당신이다. 매일 아침 침대에서 일어날 때에, 매일 밤 잠자리에 들기 전에, 숨을 들이쉬고 내쉴 때마다 당신 자신에게 이렇게 말하라.

"나 자신이 없으면 나는 살 수가 없다."

"나는 나 자신을 완성한다. 매 순간순간."

"내가 없으면, 나는 아무것도 아니다."

"내가 뭔가를 시작하는 그곳에서 삶이 시작된다."

10

우리들 사이에 존재하는 침묵의 의미

The Silence Between Us

북미원주민의 인디언 문화에서는, 질문에 대답하거나 대화에서 자기 차례가 돌아왔을 때 잠깐 동안 말없이 기다리는 것을 정중한 예의로 받아들인다. 질문을 받자마자 대답하거나 누군가의 얘기가 끝나자마자 곧바로 말하는 것은 무례한 태도로 여겨진다. 상대방의 얘기에 진심으로 귀 기울이지 않은 것으로 간주하기 때문이다.

현대를 살아가는 사람들 대다수는 대화 사이에 이런 식의 침묵이 생기면 단 몇 초라도 어색해하고, 불편해하고, 심지어 당황하기까지 한다. 우리는 중요하지도 않고 꼭 필요한 것도 아닌 상황에서, 혹은 말을 해야겠다는 절실한 생각이 들지 않을 때도, 입을 다물고 싶을 때조차도, 말해야만 할 것 같은 기분에 휩싸여 말을 주절주절 늘어놓는다. 말하지 않고 있으면 불편하고, 신경 쓰이고, 불안해진다. 우리가 주절주절 떠들어대는 것은 공허감을 모면하려고 침묵을 침묵시키려는 데서 비롯된다. 우리가 입을 다물지 못하는 것은 삶의 중심에 '매우 특별한 텅 빈 공간'을 마련해둘 여유를 갖지 못하기 때문이다. 우리는 우리 자신으로부터 달아나기 위해 말을 멈추지 않는다.

속도를 높이려 들지 말라. 천천히 내려가자. 머리에서 빠져나와 몸으로 들어가자. 대화를 나눌 때, 당신에게 일어나는 느낌들feelings을 감각하기 위한 시간을 갖도록 하라. 어색하면 어색한 대로, 불편하면 불편한 대로, 섬약해지면 섬약한 대로, 불안하면 불안한 그대로를 침묵 속에서 느껴보라. 입을 다물어야만 느낄 수 있다. 이것은 단지 하나의 느낌일 뿐이다. 당신을 해치지 않는다. 당신은 견딜 수 있다. 그리고 침묵은 어떻게든 그 느낌을 굳게 지켜 줄 것이다. 상대가 당신의 그 어색한 느낌을 감지할 수도 있겠지만, 그 정도의 위험은 감수하라. 상대는 당신이 지루해한다거나 이상하게 느껴지거나 할 얘기가 전혀 없다고 생각할지도 모른다. 그 역시 감수하라. 친구여, 적어도 당신은 '리얼'하다! 적어도 당신은 말의 벽에 몸을 숨기는 짓은 하지 않는다. 적어도 당신은 상대와 더 깊이 연결되는 방법을 찾고 있는 것이다. 적어도 당신은 어색한 느낌을 받아들일 용기가 있고, 그것을 통해 당신 자신과 당신을 떼어놓지 않게 된다.

가장 당신다운 것을 필요로 할 때 당신은 당신 자신을 포기하지 않는 것이다.

오늘 당신의 대화에 얼마만큼의 여지를, 공간을 가지고 오라. 상대의 말에 귀를 기울여라. 기다리라. 조금 더 들으라. 당신 자신을 어색한 느낌에 기대고 있으라. 가슴으로부터 응답하라. (뭔가 말을 해야 하지 않을까 하는) 생각이나 불안이 아니라, 가슴에 응답하라. 당신의 대화에 얼마만큼의 호흡을 가지라. 상대 역시 당신과 마찬가지로 어색해하고 준비가 덜 되어 있다는 느낌을 받고 있다. 그 사실을 인지하라. 느긋해지라.

우리가 가장 깊이 연결되는 것은 언제나 침묵에 의해서이다. 엄마가 아이를 재우기 위해 가만가만 흔들 때를 생각해보라. 오랜 친구 둘이, 혹은 연인 둘이 카페에서 시간을 보내는 장면을 생각해보라. 자연 속을 아무 말 없이 걸어가는 장면을, 먼동이 터오는 숲을 걸어가는 당신을 상상해보라. 우리가 서로를 느끼고 아는 데 필요한 것은, 서로의 삶 저 깊은 곳에 다다르게 하는 것은 언어가 아니다.

어쩌면, 침묵은 우리가 가진 가장 지혜로운 언어일는지 모른다. 이 특별한 침묵으로 돌아가는 것이야말로 우리 자신을 찾아내는 가장 매력적인 방법이다. 우리가 떠나왔고, 돌아가야 할 그곳―거기에 침묵이란 언어가 있다.

11

스스로를 돕는 최고의 조언

The Best Self-Help Advice

자신을 도와주는 것은 따로 없다. 스스로를 돕는 가장 훌륭한 조언이다.

당신이 '당신 자신'을 '도우려' 할 때, 당신은 환각을 강화하게 된다. 거기엔 부서진 오늘의 당신 자신이 있다. 완전하지 못한 당신 자신 말이다. 내일의 당신 자신보다도 못난.

그리고 당신은 '나'라고 불리는, 마음이 만들어낸 인격체를, 이미지를, 신기루를, 강화한다.

당신은 이때 존재함Presence 그 자체인 당신의 본성nature을 잊어버린다.

당신이 스스로를 돕겠다는 시도를 포기할 때, 당신은 누구도 막을 수 없는 껴안음의 세계로 빨려 들어간다. 포옹의 세계, 껴안음의 세계는 삶 그 자체Life Itself다. 당신의 불완전함, 당신의 의심과 슬픔, 기쁨과 두려움, 동경과 절정, 심지어 '당신 자신'이라고 설정한 이미지, '고쳐 보겠다'는 모든 시도, 미래의 완전함에 도달하기 위해 당신 자신을 '도우려는' 시도들까지—그 모든 것들을 이 껴안음의 세계는 100% 포옹한다. 이미 껴안고 있다.

자신을 구원해주는 것은 따로 존재하지 않는다. 자신을 고쳐주는 것은 따로 존재하지 않는다. 자신을 밝혀주는 것은 따로 존재하지 않는다. 자신을 잃어버리도록 하는 것도, 자신을 초월하게 만드는 것도 따로 존재하지 않는다. 지금이라는, 기이하도록 특별한 순간뿐이다. 인간의 불완전함을 뚫고 비쳐드는, 영원토록 신성한 완전함. 스스로를 돕는 것을 통해 밝게 빛나는, 성공과 실패, 갈망과 좌절, 탈진과 항복까지 껴안으며 밝게 빛나는.

자, 이제 당신 자신을, 스스로를, 돕도록 하라. 더 나은 자신을 위해 힘을 몽땅 쏟아버리는 것을 멈추는 것, 오직 하나뿐인 지금 이 순간Now으로 천천히 빨려들어 가는 것—이것이 바로 스스로를 돕는 것self-help이다.

12

아름다움에 대하여

On Beauty

아름다움은 당신이 보는 것what you see에 있지 않다. 그것은 당신이 보는 방법how you see 안에 있다.

당신의 현재가 '다른 누군가'의 현재와 만나는 그곳―거기에는 사랑의 가능성이라는 광활한 들판이 펼쳐져 있다.

하지만 거기에 있는 현재는 두 개가 아니다. 단 한 개뿐이다. 타오르는 불길이 둘로 나누어질 수 없듯이.

기억하라. 아름다움은 어떤 것 안에 포함된 것이 아니란 사실을. 그것은 현실의 틈 사이로, 크레바스 사이로 흘러나

온다는 사실을. 멈추지 않은 채 끊임없이 흐르는 강물처럼.

이곳엔 다른 누구도 없다. 당신이 만나는 것은 오직 당신 자신뿐이다.

아름답게 보라. 순수한 인식의 눈을 통해 보라. 그러면 당신을 둘러싸고 있는 세계가 갑자기 아름다워질 것이다. 어떻게 보는가에 따라 모든 것이 변한다. 시각이 바뀌지 않는다면 아무것도 바꿀 수 없다.

13

우리가 우리 자신을
붙들어 둘 수 없을 때

Even When We Cannot Hold Ourselves

나는 한 청년과 미래에 대한 자신의 생각, 자신의 삶이 '이러이러해야 한다'고 만들어놓은 이미지를 그냥 놓아버리는 문제에 대해 얘기를 나누고 있었다. 또한 '있는 그대로'의 자신을 받아들이고, 문제로부터 도망치는 대신에 고통의 감정feeling을 그대로 느끼는 것, 거짓 희망이 아닌 지금 이 순간을 살아가는 것에 대해 이야기하고 있었다.

그는 말했다. "제프, 만약 이 순간밖에 없다면, 지금now이란 것밖에 없다면, 그것뿐이라면⋯ 나는 자살해버릴 겁니다."

당시에 그는 희망이라곤 없었다. 자살은 가장 논리적인 선택인 듯 보였다.

나는 현재에 머물러 있었다. 그의 말에 귀를 기울였다. 그의 고통을 인정했다. 그의 세계로 들어갔다.

현재를 발견하는 것은 시스템을 뒤집는 것이 될 수도 있다. 정신체계 전체를 재구성할 수도 있고, 깊이 감추어져 있던 느낌과 압박과 갈망과 두려움을 되살리는 것이 될 수도 있다. 나는 그를 이해했다. 나 역시 경험한 것이었다.

"그래요, 당신의 희망을 깡그리 앗아가는 건 무서운 일이죠."

"나는 두렵습니다."

"그 두려움은 어디에 있죠? 그게 어디에 있는지 나한테 말해 줄 수 있어요? 지금 당신의 몸 안에 있다는 걸 느낄 수 있나요?"

"물론이죠. 맹렬하게⋯ 타고 있어요⋯ 여기⋯ 내 가슴에서요."

"잠깐 동안 그 상태로 그냥 놔둬 볼래요? 당신의 가슴에 있는 그 힘을 느껴보세요."

침묵이 지나갔다.

"뜨거워요… 마치… 마치 누군가를 죽이고 싶다는 생각이 드는 것처럼요. 선생님께도, 지금 선생님께도 짜증이 나요. 선생님이 나의 모든 걸, 희망을 모두 빼앗아 가버렸으니까요…"

나는 현재에 머물러 있었다.

"이해합니다. 그럼, 그 화가 느껴지는 곳이 어디인가요?"

"여기요. 배, 목, 가슴…"

"거기에서 느껴지는 것을 비유한다면요?"

"그건… 에너지 같은… 화산과 같아요… 마치… 온 우주를 파괴할 수도 있을 것 같아요."

"그래요. 맞아요. 거대하죠. 그것은 당신의 힘, 당신의 에너지입니다. 당신은 지금 당신의 에너지를 느끼고 있는 겁니다. 그것을 더 이상 부정할 필요가 없어요. 그걸 그냥 느끼세요. 지금 그걸 느끼세요. 지금 이곳, 이 순간에. 그것이 불타오르도록 놔두세요. 그리고 동시에 존중하세요."

"그냥 놓아두라고요?"

"그냥 놔두세요. 당신 거니까요. 그냥 허락하세요. 당신의 배, 가슴, 목에서 일어나는 감각들을 받아들이세요. 그리고 호흡하세요. 숨을 들이쉬고 내쉬세요. 당신의 호흡과 그것들이 함께합니다."

"소리를 지르고 싶어요."

"그럼 그렇게 하세요!"

"나는… 나는… 살고 싶지 않다!"

"더 크게!"

"나는 사는 게 싫어! 사람들이 모두 싫어! 아빠 엄마, 다 싫다고!"

"그래요! 또 싫은 거 없어요?"

"당신, 제프, 당신도 싫어!"

우리의 두 눈이 서로 마주쳤다. 인식, 사랑, 존재―온전한 수용이 일어났다.

그는 울음을 터뜨리기 시작했다. 의자 깊숙이 앉아 있었고, 온몸이 이완되었다. 그리고 깊은 호흡이 되살아났다.

그의 슬픔과 분노가 한 곳에서, 사랑과 이해로, 서로를 받아들이며 만났다. 이제껏 해보지 못한 경험인 듯 보였다.

뭔가가 풀려나고 있었다. 긴장이, 트라우마가, 결박당해 있던 것들이, 오랫동안 묵혀둔 뭔가가 모습을 드러냈다. 사랑할 수 없을 것 같던 뭔가를 처음으로 사랑하게 되었다. 뇌에 새로운 신경회로가 생겨났다. 무의식에 잠겨 있던 뭔가가 의식의 세계, 열린 명상의 공간으로 쏙 들어와 따뜻한 관심과 축복을 받았다. 구도자가 줄곧 찾아 헤맸던 그것이 쓰윽 나타나 구도자를 받아들인 것이다.

"이런, 이런 세상에! 이런 건 처음이에요, 제프. 정말이지, 이런 건 처음이에요. 느껴져요… 살아있다는 것을요. 내 자신이… 느껴져요."

신기한 일이다. 단지 지금 이 순간에 머무는 것만으로도 생겨나는 힘. 들려오는 소리에 귀를 기울이는 것. 행위를 줄이고 믿음을 늘리는 것. 고치려고도 구하려고도 하지 말고 상대가 통과해나가는 것을 그저 통과해나가도록 허용하는 것. 그들을 온전히 그들 자신이 되도록, 온전히 살아있도록, 온전히 혼란에 빠지도록 편안히 놓아두는 것. 표현해야만 하는 것을 표현하게 하고, 나쁜 것이든 좋은 것이든 그들이 느낄 필요가 있는 그대로를 느끼도록 하는 것.

———
111

증오를 통과해 사랑에 이르는 것. 슬픔을 통과해 기쁨에 이르는 것. 거짓 희망을 버림으로써 새로운 희망의 새벽에 닿는 것. 사람들 개개인의 과정을 믿어주는 것. 강력한 생각과 느낌들을 견지하는 그들의 능력을 믿어주는 것. 이 드넓은 명상의 평원, 언제나, 우리 자신을 붙들어둘 수 없을 때조차 우리를 붙들어주는, 사랑으로 가득한 들녘을 믿어주는 것.

14

실망이라는 은총

The Grace of Disappointment

당신이 만약 실망감으로부터 달아난다면, 당신은 삶 자체로부터 도망치는 것이다.

실망은 마음을 부드럽게 만들어 줄 수 있고, 가슴을 열어 줄 수도 있다. 당신이 그것을 허용한다면.

두려워하지 말라.

우리의 희망, 꿈, 기대가 흩어질 때, 그 자체로 지옥 같은 경험일 수 있다. 삶이 우리가 희망하는 방향으로 나아가지 않을 때, 실망은 내면을 온통 태워버릴 수도 있다. 이때 필요한 것은? 바로 '초대'이다. 불타오르는 그곳으로 방향을 잡는 것이다. 고통을 생생하게 느껴보라. 아무 소리도 하지 못한 채 가만히 있거나 새로운 꿈으로 달려가지 말고. 도망치는 것은, 결국 더 큰 고통을 가져온다. 자포자기의 고통은 가장 큰 고통이다.

'다음에 하게 될 경험'에 대한 탐닉을 깨라. 당신이 '실망'이라 부르는 그것에 특별한 관심을 쏟아보라. 복부에 느껴지는 펄떡이는 감각들, 가슴 언저리에서 일어나는 조이는 것 같은 감각들, 목구멍을 막는 덩어리, 머릿속을 채우고 있는 안개를 마주하라. 살아있는 것들과 함께하라. 관심을 기울이라고 소리 지르는 것들과 함께하라. 지금 이 순간을 거부하지 말라.

불타오르는 이 순간으로 향하라. 이것이 진짜 명상true meditation이다. 불편한 곳으로 숨을 불어 넣으라. 지금 이 순간에 놓인 당신 자신을 버리고 새롭게 상상한 미래로 당신을 대체하지 말라. 당신 자신을 생각의 세계로 떠나보내지 말라. 당신의 집home을, 있는 그대로의 집을 찾으라.

오늘, 마음이 흩어지면 흩어지는 그대로 두라. 그러나 그것을 현실로 받아들이지 말라. 그것을 수습해놓는 것이 현실이 아니다. 실망은 당신 자신에게 더 가까이 가도록 한다. 당신의 호흡으로. 지구라는 행성에 놓인 당신의 몸, 그 몸의 무게로. 오후의 소리들로. 저녁의 노래들로. 살아있다는 감각으로. 인간의 경험이 얼마나 불완전한 것인지를 온전하게 받아들이는 그곳으로.

친구여, 당신은 당신의 머릿속에서 길을 잃었다. 이제 당신의 가슴으로 돌아오라. 이 순간으로 젖어 들라. 오래된 꿈들은 힘껏 울어 눈물로 씻어내 버리도록 하라. 집으로 돌아오라.

이 순간이 그때이다. 이 순간이, 바로, 그때이다.

모든 기대가 녹아 사라지도록 내버려 두라. 침묵 속에서. 새로운 시작 속에서.

실망은 입구gateway다.

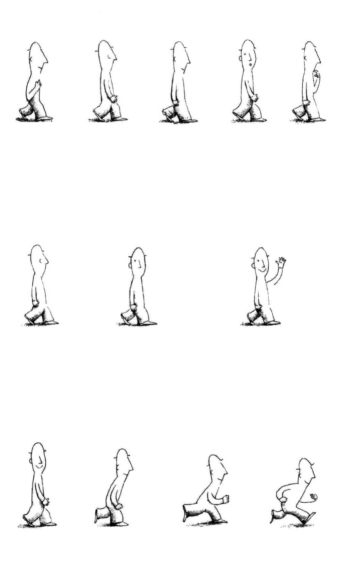

15

나는 당신과 함께 호흡한다

I Breathe With You

사랑을 찾지 말라. 기다리지도 말라. 주문한 대로 배달
이 될 거라 기대하지 말라. 당신은 늘 불완전함을 느낄 것
이다. '사랑을 잃을 것'이라는 두려움이 하루도 거르지 않고
당신 주위를 어슬렁거리며 돌아다닐 것이다. 사랑은 온라
인 서비스가 아니다.

사랑은 좋은 행동을 하면 보상으로 주어지는 것도 아니
다. 사랑은 당신이 '존중하는' 뭔가가 아니다. 그렇게 하지
도 말라. 사랑은 당신이 가지고 태어난 것이다. 그러니 당

신의 가슴에서 그것을 찾으라.

당신의 관심이 바깥을 향할 때, 당신의 눈길이 마음을 찾고, 갈망하고, 조종하고, 이해하려 애쓰고, 매달리고, 붙잡으려 할 때, 멈춰라. 관심attention을 더 가까이로 초대하라. 힘든 일을 해준 마음에 감사하라. 그리고 당신의 두 발이 딛고 있는 땅에 대한 느낌, 그곳으로 관심을 이동시키라. 지구를 향해 끌어 당겨지는 당신의 몸, 그 무게에 대한 느낌으로 관심을 옮기도록 하라. 호흡에 관심을 쏟으라. 오래도록 신뢰를 쌓아온, 오르고 내리는, 당신의 존재가 광활하게 펼쳐져 대양의 파도처럼 올라갔다가 내려오는—호흡에.

목을 통해, 가슴을 통해 씻겨 내려가 마침내 위장 속으로 빨려가도록 관심과 주의를 초대하라. 당신이 초대한 관심과 주의가 생생하고, 따끔거리고, 퍼덕거리고, 불안정하고, 역동적으로 살아있는 감각에 스며들도록 하라. 관심과 주의가 당신의 슬픔, 당신의 외로움, 당신이 도망쳐온 포기의 느낌에 흠뻑 젖어 들도록 내버려 두라. 잠깐 동안, 이 오래 묵은 것들에게, 우주가 탄생하기 전, 시간이란 것이 있기 전, 그 오래전 당신이 맞추기 시작했던 거대한 퍼즐의 아름다운 조각들에게 성스러운 공간을 제공하라. 당신의 삶이 담긴 영화에서 지금 이 순간의 장면이 관심 깊게, 사랑이라 불리는 인식으로 온화하게 정화되도록 놓아두라. 이것이 기도이다.

나는 여기에 있습니다. 나는 이곳에 있습니다. 그리고 아무 문제가 없습니다. 문제가 있다는 느낌이 드는 것조차, 문제될 게 없습니다. 나의 슬픔은 명징합니다. 나의 두려움은 아주 오래되었고, 신성하며, 값진 것입니다. 나의 갈망은 삶과 함께 불타오릅니다. 나의 의심조차 나의 피붙이입니다. 여기 이곳에서 잘못된 것은 전혀 없습니다. 모든 것이 사랑 안에 놓여 있습니다.

삶은 너무도 짧다. 그러나 사랑은 영원하다. 너그럽고, 늘 존재하며, 곧 이어질 호흡보다 더 가까이에 있다. 그러니 사랑을 찾지 말라. 기다리지 말라. 주문하면 배달되어 오는 것이라고 기대하지 말라. 하지만 알고 있으라. 지금 이 순간의 사랑을, 그 사랑의 친밀함을, 알라. 당신의 귀에 속삭여지는 사랑을 느껴보라.

나는 당신과 함께 사랑을 호흡합니다. 모든 들이쉬는 숨과 내쉬는 숨, 그리고 그 사이의 공간. 당신이 무릎을 꿇을 때, 혼란하고 불확실한 삶으로 지칠 때, 나는 당신과 함께 무릎을 꿇습니다. 당신이 더없이 즐거워질 때, 이 변덕스런 세계에 의해 높이 찬양될 때, 나는 당신과 함께 기쁨에 들뜹니다. 당신이 상실감에 사로잡힐 때, 그래서 계속 나아갈 수 없을 때, 나는 이미 그런 당신을 알고 있습니다. 여기, 이곳, 늘 여기 이곳에 있으니까요. 나는 너무나도 가까운 곳에 있습니다. 나는 당신과 함께 웃고, 당신과 함께 울며, 당신과 함께 피 흘립니다. 당신의 피는 나의 것입니다. 당신의 목소리는 나의 목소리이고, 당신의 침묵은 나의 침묵입니다. 나는 당신을 찾고자 한다면 지구 끝까지 갈 것입니다. 당신을 위해서 싸우고, 당신을 집으로 데려올 것입니다.

당신은 사랑을 벗어날 수 없다. 당신은 사랑을 움켜쥔 채 그것을 옴짝달싹 못하게 할 수 없기 때문이다.

내가 만약 기도를 올렸다면, 나는 이미 응답을 받은 것이다. 기도와 응답은 하나다. 이미 오래전에 주어진 선물이다.

16

'옴짝달싹 못하는 것'의 아름다움

The Beauty of Your Numbness

많은 사람들이 그들 자신이 느끼는 망연자실, 단절감, 갇히거나 차단당한 기분, 얼어붙는 것 같은 느낌, 분리에 따른 불안 등을 내게 얘기한다. 그들은 마치 아무것도 느낄 수 없는 것 같다고 말한다.

그들은 온갖 치료사들을 찾아갔고, 온갖 약을 복용했다. 그들은 물건 취급을 받았으며, 심지어 수리가 불가능한 고장 난 기계처럼 자신을 바라보게 되었다고 토로했다. 싸우다가 지쳐버린 그들은 '아무것도 하지 못하는 상태'에서 벗어나기를 갈망하고 있었다.

그들을 떠올릴 때 나는 기적을 생각한다. 그들이 완전히 '아무것도 하지 못하는 상태'를 느낄 수 있었다는 것은 기적이다. 그들이 옴짝달싹하지 못하는 상태를 경험한 것은, 내면과 완전히 단절된 것 같은 느낌을 절실하게 받았다는 것은 놀라운 일이다. 그것은 축복이다.

세상의 거의 모든 사람들은 너무 산만해져 있다. 그들은 과거와 미래에 완전히 점령당해 '아무것도 할 수 없는 상태'에 빠져 있다는 사실을 감지하지 못한 채 자신의 육체와 완전히 단절되어 있다.

당신이 뭔가를 느끼는 것으로부터 단절되고, 분리되고, 격리되어 있다는 사실을 인식하는 것은 치유라는 '길 없는 길pathless path'을 향해 큰 보폭으로 내딛는 걸음이다.

이상하게 생각할지 모르겠지만, 당신이 맨 처음 해야 할 일은 옴짝달싹하지 못하고 있는 당신을 명확히 인식하기 위해 예민한 감각으로 깨어 있고 살아있어야 한다는 것이다.

"나는 옴짝달싹하지 못하고 있다"라는 것은, 꼼꼼하게 살펴보면, 생각이 만들어낸 하나의 이야기, 하나의 해석에 지나지 않는다. 마음이 찍은 사진에 불과한 그것은, 진실로, 실재가 아니다.

몸과 더 가까이 가보라. 당신 몸 안의 어디가 옴짝달싹하지 못하고 있는가? 바로 지금, 지금 이 순간, '아무것도 하지 못하는 곳'이 어디인가? 다른 곳보다 더 옴짝달싹 못한다고 느껴지는 부분이 있는가?

옴짝달싹 못하겠다고 느껴지는 영역과 달리 살아있다는 느낌의 영역은 어디인지를 점검해보라. '옴짝달싹 못하는' 그곳에 당신의 따뜻한 사랑과 특별한 관심을 부여해보라. 자, 이제 '옴짝달싹 못하다numb'라는 (무거운, 한낱 판단에 의해 생겨났을 뿐인) 단어를 염두에 두지 말고, 몸이 감각하는 생생한 느낌을—혹은 상실된 느낌을—느껴보라. '꼼짝하지 못하겠다는 느낌'을 떨쳐내려 하지 말고, 매 순간순간을 느껴보라. 이 영역을 유심히, 당신의 사랑과 관심으로 존중하며 지켜보라. 천천히 호흡하며 내려가라. 조급하지 않게, 느긋하게, 그곳으로 가보라. 당신이 찾아낸다면 그게 무엇이든 축복할 일이다. 당신이 아무것도 찾아내지 못한다 해도 축복할 일이다.

당신을 '옴짝달싹하지 못하게 한다는' 그곳은 어쩌면 당신의 사랑이, 무엇인지 알고 싶은 당신의 호기심이, 판단에 의존하지 않고 직접 느끼는 당신의 현재non-judgemental presence가 갈망하는 바로 그곳일지 모른다. 어쩌면 그곳은 산소가 모자란 것처럼 관심이 결핍된 몸의 어딘가일지도 모른다.

그렇다면 그곳을 고치려 들 것이 아니라, '살아오게' 하기 위해 그곳으로 천천히 내려가 산소를 불어넣듯 당신의 관심을 불어넣는 것이 맞지 않을까?

그렇게 한다면 당신은 더 이상 옴짝하지 못하는 상태에 있지 않고, 단절에서 단절되지 않고, 분리에서 분리되지 않을 것이다. 이것은 엄청난 발전이다.

햇볕과도 같은 사랑의 따뜻함이라면, 세상에서 가장 차가운 곳도 녹아내릴 것이다. 꼼짝하지 못하는 것으로부터, 쓰윽, 길이 나타날 것이다.

잊지 말라. 당신이 만약 '옴짝달싹 못하겠다'는 느낌과 관련 있고, 당신 내면의 빈 곳을 알고 있다면, 그 안으로 스며

들어 거기에 기댈 수 있는 공간을 만들고, 그것에 관심을 기울이고, 호흡과 연민과 귀중한 시간을 줄 수 있다면, 옴짝달싹 못하는 일은 당신에게 더 이상 일어나지 않을 것이다.

17

당신이 치유되지 않았던 이유

Why You Haven't Healed Yet

수년 동안 당신이 바라던 치유도, 깨달음도, 변화도 일어나지 않은 이유가 궁금한가? 당신의 고통, 혼란, 의심, 슬픔, 집home에 대한 진한 그리움과 갈망들이 왜 여전히 지금도 계속될까? 지금도 여전히 당신의 고통이 사라지지 않는 이유는 무엇일까?

"지금쯤 나는 답을 찾았어야 합니다. 지금쯤은, 나의 슬픔이 사라졌어야 합니다. 지금쯤은, 나는 수치와 두려움으로부터 벗어났어야 합니다. 지금쯤은, 훨씬 평화롭고 명료하고 느굿하고 각성된 상태를 느껴야만 합니다. 지금쯤은, 기쁨이 영원히 지속되며, 그것이 나의 자연스러운 상태가 되어 있어야 합니다. 지금쯤은 고통이 끝나야 하고, 더 이상 의심하지 않아야 합니다. 지금쯤은, 치유가 되어 있어야 합니다. 그런데 왜 그렇지 않은 겁니까? 뭐가 잘못된 건가요?"

친구여, '지금쯤'이라는 것은 모든 거짓말 가운데 가장 끔찍한 거짓말이다! '지금쯤' 같은 그런 건 없다. '지금쯤'이란 건 있을 수 없다.

생각해보라. 존재하는 것은 지금뿐이다. 단지 이 순간뿐. '쯤'이 아니다.

지금쯤은 어떻게 되어 있어야 한다는 식의 생각에 매달리지 말고, 지금 이곳에 실제로 존재하는 것에 인사를 보낼 수 있는가? 지금 이 순간 우리가 경험하는 것을 존중할 수 있는가? 그것의 신성함과 비밀스러움을 바라보고, 오늘 우리가 가고 있는 길을 찬양할 수 있는가? 비록 슬픔이 느껴지더라도, 비록 의심과 분노와 두려움과 외로움을 경험하고 있더라도. 그렇게 할 수 있다면, 우리는 인식체계의 총체적 변환total paradigm shift을 경험할 수 있을지도 모른다. 지금 이곳에 두 통의 편지가 있다. 어떤 편지가 진짜 우리가 쓴 편지일까?

편지 1:

"고통, 슬픔, 분노, 공포야, 너희들 왜 아직 여기에 있는 거니? 지금쯤이면 너희들이 떠났기를 바랐는데!"

편지 2:

"하하하! 너희들 여기 있구나! 그래, 만나서 영광이야, 지금 여기서 말이야! 너희들 또한 살아있구나. 의식의 신성한 파도로! 너희들이 여기에 있지 않아야 한다고 말하는 건, 마음이 만들어낸 스토리에 불과해! 그런 건 없어! '지금쯤'이면 너희들이 사라지고 없겠지 따위를 요구하지 않아! 너희들은 지금 이곳에 '여전히' 있는 것이 아니야. 당연히 있는 거지. '쯤'이니 '여전히'니 하는 시간은 없어. 존재하는 시간은 지금 이 순간뿐이야. 그러니 너희들은 지금 이곳에만, 지금 이 순간에만, 있는 거야. 바로 이곳에! 나는 바로 이곳에 있고, 우리가 존재할 수 있는 곳도 바로 이곳이지! 바로 이 고요함 속에서, 대양과도 같은 현재 안에서, 우리는 진정으로 만날 수 있어!"

친구여, 생각이나 느낌은 치유되기 위해 일어나는 것이 아니다. 그것은 일어나기 위해, 지금 이 순간을 자각해 사랑으로 가득한 두 팔에 안기기 위해, 가볍게, 떠오르는 것이다.

하지만 '해로운 소식'이 당신에게 전해진다. 당신은 절대로 해내지 못할 것이라고. 하지만 그것은 무엇보다 '좋은 뉴스'다. 당신은 지금 이곳에 있다. 언제나 그랬고, 언제나 그럴 것이다. 당신은 늘 이곳에 있을 것이다. 이곳에 있다는 것은 당신이 해낼 수 있다는 것을 뜻한다. 이곳이 당신의 집이고, 당신의 성소聖所다. 이것이 진정한 치유다. 현재로 빨려드는 것, 당신 자신보다 무한히 큰 뭔가에 의해 들어 올려지는 느낌. 지금 이 순간 외에 다른 시간이 필요하지 않다.

이것이 치유에 관한 위대한 역설great paradox이다.

당신은 언제나 치유되고 있는 중입니다 (살아있는 동안).

그리고

당신은 이미 치유되었습니다 (지금이라는 영원 속에서).

18

친구가 죽기를 원할 때

When a Friend Wants to Die

친구가 만약 이번 생이 '다 끝났다'는 느낌을 받고 있다면, 세상을 더는 이해 가능한 것으로 받아들이지 못한다면, 그들의 말에 가만히 귀를 기울여주는 것이 가장 효과적인 약이다.

그들과 함께 울라. 경이감Wonder을 그들과 함께하라. 그들과 함께 침묵에 잠기고, 명확한 것이든 명확하지 않은 것이든 그들과 함께 나눠 가지라. 오늘의 그들로 그들을 지켜보고, 그들의 눈으로 바라보라. 그들에게 사랑한다고 말해주

라. 당신의 사랑이 그들을 떠나지 않도록 만들 것이다. 그들이 아무리 고통을 겪고 있다 하더라도, 그들이 느끼는 감정들을 인정해주라. 그들이 이 세상에서 인정받고 있다고 느낄 수 있도록 도와주라. 그들이 겪은 것들로 당신의 귀를 채우라.

그들은 정체성의 위기를 통과해 가고 있는 중이다. 이것은 끝이 아니다. 이것은 마지막 장면이 아니다. 단지 지원을 요청하는 것일 뿐, 다른 누군가에게 전화를 걸고 있는 것이다. 영리한 답변 같은 것은 생각하지 말라. 당신 자신으로 충분하다. 설교하려고도, 가르치려고도, 충고하려고도 하지 말라. 그들을 판단하지 말라. 그들에게 자신들의 생각이 잘못되었다고, 자신들의 갈망이 잘못된 것이라는 느낌을 줄 뿐이다. 그들을 껴안으라. 그때 그들은 혼자라는 느낌에서 벗어난다. 그때 그들은 그들이 지닌 용기와 닿을 수 있다. 그때 고통스런 느낌들과 마주하고 견뎌내는 그들의 능력이 발휘된다. 하늘을 보라. 하늘은 언제나 가장 맹렬한 돌풍과 마주하고 견뎌낸다.

친구가 만약 이번 생이 '다 끝났다'는 느낌을 받고 있다면, 세상을 더는 이해 가능한 것으로 받아들이지 못한다면, 그들을 더욱 사랑하라! 그들의 정직함에, 진실을 말하고 있는 그들의 용기에 경의를 표하라! 모든 위선과 거짓말과 함께 마침내 '종료된' 그들의 드넓은 지성을 축하하라.

지금 이곳에 필요한 것은 맹렬한 견딤이다. 새로운 친구가 태어나고 있다. 허물을 벗는다는 것은 고통스럽고 무서운 일이지만, 죽은 허물 안에서 살아가는 것은 더 고통스럽고 끔찍한 일이다.

지금 두 발을 딛고 있는 땅이 신성한 것은 당신이 당신의 친구와 함께하기 때문이다. 그들이 밑바닥까지 닿아 있기 때문이고, 그곳이 신성한 심연이기 때문이다. 그곳에서 그들이 "나는 이제 이 거짓 삶을 끝내렵니다!"하고 신에게 외치고 있기 때문이다.

희망이 없다는 것은 끔찍한 일이다. 그러나 현재Presence에는 늘 새로운 희망이 있다.

19

우리는 모두 부드러운 곳에 있다

We All Have Tender Places

"난 널 사랑해"라고 말하는 건 어려운 일이 아니다. 사랑에 대해, 현재에 대해, 인식에 대해, 그리고 뭔가를 깊이 받아들이는 것에 관해 얘기하는 건 쉽다. 가르치는 것도, 뭔가가 참되고 훌륭하고 영적이라고 말하는 건 쉽다.

그러나 그런 건 그저 말에 불과하다. 말 이전에 한 세계 world가 있다.

분노가 밀려들 때, 그때에도 당신은 떠나지 않고 그걸 끌어안을 수 있는가? 옴짝달싹하지 못하는 상태에 빠지지 않을 수 있는가? 분노를 그대로 폭발시킬 수 있는가? 두려움이 온몸에서 일어날 때, 당신은 그 안으로 호흡을 불어넣고 그것과 함께할 수 있는가? 마음이 지어낸 이야기들로 달아나면서도 두려움 한가운데에 머물 수 있는가? 당신이 상처받았다는 느낌이 들 때, 거부당하고 사랑받지 못하고 버림받은 느낌이 들 때, 당신은 그 느낌을 온전히 감각하고 온전히 받아들이는 공간room을 만들어낼 수 있는가? 그 강렬한 불길이 이는 현재에 경의를 표할 수 있는가? 그 느낌을 없애려 들지 않고, 온전히 실행할 수 있는가? 당신이 당신 자신의 사랑을 가장 필요로 하는 지금, 당신 자신을 포기하지 않는 것에 온 힘을 다할 수 있는가?

사랑을 말하는 것은 어렵지 않은 일이다. 가르치고 설교하는 것도 어려운 일이 아니다. 옛 상처들이 터져 나오기 전까지는. 인생이 뜻대로 풀리지 않는 일이 일어나기 전까지는. 당신이 방아쇠를 당기는 것이 당신을 더 깊은 자기애self-love로 초대한다. 당신이 알아야 하는 것은 이것이다.

여기에는 부끄러워할 것이 없다. 우리는 모두 온화하고 부드러운 곳places을 가지고 있다.

20

관계라는 요가

Relationship Yoga

가슴 깊은 곳에서 맺어지는 관계들이 가장 정직한 관계이고, 그 관계들은 판타지나 거짓 약속이나 무의식적인 희망이 아니라 현재Presence에 뿌리를 두고 있다.

두 사람의 영혼이 온전하고, 동시에 실시간으로, 서로 본연의 모습 그대로를 공유하는 곳에서 그들의 가장 깊은 진실이—날것 그대로, 혼란스럽고, 풀리지 않은, 끝나지 않은, 거칠어진 그대로—드러난다. 그리고 거기에서 그들은 이렇게 저렇게 '되어야만 한다'고 미리 설정한, 조건화된 생각들을 놔줄 수 있다.

관계는 친밀감이라는 '혹독한 시련의 장' 안에서 계속 새로워진다. 거기에서 붕괴가 일어날 수도 있고, 오해가 일어날 수도 있다. 의식과 분노와 두려움과 걱정에 대한 느낌들이 강렬해질 수도 있다. 도중에 토대가 사라진 것 groundlessness 같은 느낌이 일어날 수도 있다. 당연하다.

그러나 거기에는 동시에 이런 혼란들을 기꺼이 맞서려는 상호 간의 의지 또한 존재한다. 신체적으로나 정신적으로 유약하다는 것. "나는 상처를 입었어, 난 고통 속에 있어." 라고 말하는 것, 그러면서도 그 고통을 상대의 탓으로 돌리지 않는 것, "난 뭔가 도움이 필요해." 하고 말하면서도 상대에게 그것을 요구하지 않는 것. 욕망과 희망과 그리움과 꿈을 공유하면서도 상대에게 자신과 똑같은 방식으로 보라고 명령하지 않는 것. '노'든 '예스'든 상대를 그대로 받아들이는 것, 그렇게 함으로써 설사 상처를 입더라도 기꺼이 받아들이는 것. 탈바꿈이라는 혹독한 시련의 장에서 도망치지 않는 것. 현재의 붕괴를 드넓게 열린 눈으로 함께 바라보는 것, '늘 그래왔던 익숙한 방식'을 고집하지 않고 '이렇게 저렇게 되어야 한다'고 사람들이 설정해놓은 생각들에 따라가지 않는 것. 행복에 대해 누군가가 정해놓은 개념들을 태워버리는 것. 때로는 흩어져버린 꿈과 기대와 계획과 희망의 잔해들 속에 함께 앉아 있는 것, 그리고 다시 연결되고 바로잡고 재건할 곳을 찾아내기 위해 함께 나서는 것—이것이 용기로 가득한 관계이며, 관계를 견실하게 만들어내는 일이다.

연결은, 단절되어 있다는 지금의 느낌을 그대로 받아들임으로써 시작된다. 이것이 살아있는 관계이다. 우리의 가장 깊은 곳에 존재하는 갈망과 두려움과 상처를 위해 그것들이 머물 수 있는 공간을 만들어주는 관계는 상대가 그것들을 해결하거나 우리를 고쳐주거나 상처를 없애주기를 바라지 않는다. 상대에게 목격자가 되어 달라고, 우리 자신의 치유를 위한 산파가 되어 달라고 청하는 관계이다. 그리고 같은 선물을 주고받는 관계이다.

우리 자신의 행복을 찾도록 서로에게 영감을 준다는 것은 그냥 내버려 두는 것이 될 수도 있고, 지금의 상태에서 관계가 '무너지는' 것이 될 수도 있다. 사랑은 상대를 그저 가볍게 잡아주는 것이다. 매달리거나 조종하려 들지 않는 것이 사랑이다. 사랑은 그저 상대가 최선의 상태가 되기를 원하는 것이다. 서로의 힘이 발현되고, 충만한 삶을 살고, 가장 진한 기쁨을 발견하고, 본연의 길을 가고, 서로의 몸과 그들만의 깊은 느낌과 욕구를 사랑하도록 배우고, 그들 자신을 돌보는 새로운 방법을 찾는 것이다.

'나는 당신을 사랑합니다. 그리고 나는 당신이 더욱 빛나기를 바랍니다.'

관계는 궁극의 요가가 될 수 있다. 그렇다. 관계의 요가는 영원히 깊어지는 모험, 우리 자신과 서로의 재발견, 우리 자신이 서로를 바라보는 거울이 되는 것, 놓아줌과 만남의 연속, 홀로됨과 함께함의 춤이다.

관계의 요가는 극단의 둘로 나누어지더라도 우리 자신을 잃지 않는 것, 그러면서 그 한가운데에서 휴식하고 즐기는 것이다. 때로는 함께하고, 때로는 각자가 행한다. 더없이 밀착되기도 하고, 충분한 간격을 두기도 한다. 상대에게 친밀하기도 하고, 자신에게 친밀하기도 한다. 들이쉬는 숨, 내쉬는 숨. 아침과 저녁. 탄생, 그리고 죽음.

관계는 우리가 다다르는 곳, 도착지점, 목적지가 아니다. 그것은 살아있는 영원한 출발점, 매일매일의 시작이다. 우리는 함께, 여기서, 출발할 수 있을 뿐이다. 여기에는 시작하는 즐거움이 존재한다. 아직 알지 못하는 것에 흥분이 일고, 기대하는 것들을 지속적으로 버리는 것에 삶이 있다. 상실이라는 건강한 두려움을 향해 가까이 다가가는 것, 토대를 잃은 것들 속에서 자신을 잃지 않고 그 '토대 잃음 groundlessness'에게로 가까이 다가가 머무는 것, 불확실성 안에서 안락함을 찾아내는 것, 숨을 들이쉬고 내쉬는 것―이것이 관계이다.

에크하르트 톨레Eckhart Tolle*가 말했듯, 관계는 이곳에서 우리를 행복하게 만들지 않는다. 진짜 행복이니 영원히 계속되는 행복은 우리 모두의 안에 담긴 거짓이다. 그건 마치 누군가가 우리에게 '혼란이라곤 없는 현재'를 줄 수도 있고 빼앗아갈 수도 있다고 말하는 것과 같다. 어디에 있든 우리

---

* 1948년 독일에서 태어난 캐나다 작가이며 영적 지도자. 《지금 이 순간을 살라*Power of Now*》, 《삶으로 다시 떠오르기*A New Earth : Awakening to Your Life's Purpose*》 등이 우리나라에 소개되었다.

는 안전하다. 내가 아닌 그 누구도 우리를 완전하게 하지 못한다. 그들은 우리를 구하지도 못하고, 우리의 내면 가장 깊은 곳에서 일어나는 혼란을 해결하지 못한다. 그러나 그들은 우리에게 우리의 상처들을, 우리의 내면의 아이들inner children을, 그 아이들이 잃어버린 퍼즐 조각들을 드러내는 선물을 줄 것이다.

그리고 찾아온다. 위험이! 우리의 야생의 마음이, 외로움이, 연약함이, 감수성이, 무지가, 즐거움이, '부끄러운' 비밀들이, 광대한 우주 안의 이 자그마한 행성에 사는 누군가에게 드러난다는 것. 가면을 떨어뜨리고 보호받지 못한 채 무방비의 가슴이 노출된다는 것. 거부당하는 위험, 홀로 떨어져 있게 되는 위험, 수치스럽고 괴이한 느낌에 휩싸이게 되는 위험. 어쩌면, 해묵은 반복에 빠지게 될지 모르는 위험.

그러나 더 큰 '위험'이 찾아올 수도 있다. 우리가 누구인지 사랑받기 위해, 누군가의 매혹적인 관심이라는 눈먼 빛에 안길 거라는 것. 마치 아빠나 엄마의 무한한 사랑과 관심을 받는 아이처럼. 지금 이 순간 마주하는 것은 어디로 숨길 수도 없고, 어디로 달아날 수도 없다. 그저 새로움에 노출

될 뿐이다. 만들어진 이미지, 거짓 자아, 세심하게 만들어진 페르소나를 잃는 것을 감수하는 것, 다른 사람에게 지금 이곳의 부드러움을 기꺼이 받아들이게 해주는 것! 이것은 가장 높은 가능성을 가진 관계이다.

다른 사람의 특별하고 섬세한 마음을 보는 것, 그리고 당신 자신의 부드러운 마음이 보이도록 하는 것.

보는 것에 치유와 변화와 위대한 아름다움이 있을 수 있다. 우리는 우리의 형제와 자매들에게 치유의 피를 수혈할 수 있다. 죽음이 찾아오기 전 때때로 맞이하게 되는 이 외로운 행로에 우리는 서로에게 격려와 참된 우정을 생생하게 안겨줄 수 있다.

그리고 그것을 발견하는 데에는 평생이 걸릴 수도 있다. 당신이 늘 갈망했던 것, 바로 그 자체일 뿐 다른 것일 수 없는 일자—者, The One—그것은 처음부터 당신의 내면 깊숙한 곳에 있었다는 사실을. 그리고 그것은 다른 무언가에 투영되었다는 사실을. 파트너로, 친구와 연인으로, 치료사로, 혹은 동물과 나무와 산과 달, 우주의 광대함으로. 잠깐이라도…

… 하지만, 당신은 알게 될 것이다. 천국은 지상에 존재
한다는 것을.

21

우리가 느낌들을 밀쳐낼 때
When We Push Feelings Away

명상을 하면서 슬픔이나 두려움, 예기치 못한 분노나 우울한 느낌이 파도처럼 밀려들 때, 당신은 그 파도와 함께 현재에 머무를 수 있을까? 당신은 그 느낌들 안에서 호흡하고, 그 느낌들을 '흘러가도록' 놔줄 수 있을까? 그 느낌들을 있는 그대로, 살아있는 그대로 놔줄 수 있을까? 그 느낌들이 지금 이 순간에 고스란히 표현되도록 어떤 개입도 하지 않고 내버려 둘 수 있을까? 당신 안에서 일어나는 그 느낌들에 대한 저항과 거부를, 그 느낌들과 당신을 분리시키고 당신의 경험으로부터 도망치려는 충동을, 당신은 인지할 수 있는가?

이제껏 당신이 해온 것과 다른 경험을 하고 싶다면, 그런 충동에 대해 당신 자신을 판단하거나 수치스러워하지 말라. 판단하고 수치스러워하는 것은 오랜 습관에 불과하며, 단절을 강요하고, 도망을 자극하는, 지금 이곳이 아닌 '다른 어느 곳'에 중독된 것이다.

오늘을, 지금 이 순간을, 보라. '있는 그대로'와 가장 가까이 머물기를 원한다면, 당신을 찾아온 느낌과 실제로 연결될 수 있는지를 보라. 그것이 일어나는 그대로, 당신의 경험 안으로 부드럽게 스며들도록 하라. 문을 닫아걸지 말고, 달아나지 말고, 당신의 몸 안에 깃든 에너지를 부정하지 말고, 그것을 향해 부드럽게 문을 열라. 그렇게 할 수 있는가? 오묘한 관심으로 그것이 빛을 발하도록 할 수 있는가? 그것이 당신 안으로 들어올 수 있도록 가만히 놔줄 수 있는가? 그것이 살아있는 동안 현재에 머물러 있도록 하라. 태어난 그대로, 그것을 표현해야 하는 그대로 표현되게 하라. 그리고 드넓은 바다와도 같은 집home ── 지금 이 순간Presence으로 돌아오게 하라.

모든 느낌들은 오직 당신 안에 있는 집을 찾는 것이다. 끝나지 않은, 고립된 느낌들, 저항에 부딪힌 에너지들, 밀쳐내고, 부정당하고, 거세된 에너지들은 실제로는 사라지지 않는다. 그것들은 무의식Unconscious이라는 어둠 속에서 살고 있다. 집도 없이, 사랑에 주린 채로, 우리의 관계와 몸과 세상의 일들에 연결된 줄을 끌어당기고, 우리의 즐거움과 어떻게든 닿으려 애쓰면서 말이다. 깊디깊은 지하세계에서 관심을 끌기 위한 비명은 우리의 생명력과 자기표현을 물에 젖은 솜처럼 무력화시킨다. 우리의 관심을 돌리고, 강압하고, 억제하고, 우울과 근심에 빠뜨리고, 결국은 육체적인 건강에까지 영향을 미친다. 그들의 모든 시도는 우리에게 귀를 기울이도록 만든다.

어느 날, 명상에 깊이 잠긴 채로 우리는 기억할지 모른다. 모든 느낌들이 신성하다는 것을. 모든 느낌들이 우리 안에 존재할 권리가 있다는 것을. 가장 혼란스럽고, 가장 불편하며, 가장 고통스런 것이라 하더라도. 그리고 우리는 도망치는 대신에 우리의 느낌들을 향해 몸을 돌려야 한다는 사실을 기억하게 될 것이다. 그들 안으로 부드럽게 스며 들어 가야 한다는 것. 그들에게 반응하지 않거나 무시하지 않고 그들을 위해 방room을 마련해놓아야 한다는 것.

우리의 사랑과 따뜻한 관심, 호기심, 그리고 현재라는 시 간을 먹고 자라난 굶주린 영혼들, 이 길 잃은 아이들은 우리 안의 안온하게 마련된 집에서 마침내 휴식을 취하게 될 것 이다. 그들은 더 이상 우리의 생명줄을 잡아 끌어당길 필요 가 없다. 그들은 이제 늘 갈망했던 온기를, 공감을 가지게 된 것이다.

풍부하게 존재하는 값진 생명력, 프라나prana,* 우리의 신 성한 에너지는 우리의 느낌들을 밀어내는, 우리의 느낌들 을 '다른 어딘가로' 떠나보내려는, 끝없이 반복되는 시시포 스**의 허망한 형벌에 의해 빠져나간다. 하지만 그들이 가는

* 힌두 철학에서 모든 생명체를 존재하게 하는 힘.
**그리스 신화에 나오는 코린트의 왕으로, 제우스를 속인 죄로 지옥에 떨어 져 바위를 산 위로 밀어 올리는 벌을 받았다. 그가 밀어 올리는 바위는 산 꼭대기에 이르면 다시 아래로 굴러떨어지기 때문에 그는 영원히 이 일을 되풀이하였다.

곳은 어디일까? 거기엔 당신뿐이다. 당신이 그들을 밀어낼 때, 당신은 그들을 당신 자신 속으로 더 멀리 밀어 넣을 뿐이다.

우리가 해묵은 자포자기와 억압의 패턴을 부숴버릴 때, 너무도 많은 창조력이 드러나고, 너무도 많은 안도의 느낌이 일어난다. 두려움에 사로잡히는 패턴에서 벗어나 완전히 새로운 뭔가를 시도해보라. 우리가 감지하는 느낌들은 살아 숨 쉬는 지금 이 순간의 신선함 속에서 일어난다. 그 느낌들에 가까이 다가가라. 그들은 우리를 향해 파도처럼 다가오고, 우리를 부르고, 우리들 마음의 한복판에 존재하는 진짜 집을 찾고 있다.

22

당신의 위대한 보호자
Your Great Protector

우리의 분노를 완전히 없애주겠다는 영적 가르침들, 분노가 '부정적'이고 '파괴적'인 감정에 속한다거나 '건강에 해롭다'거나 심지어 '물리적인 것'으로 판단하게 만드는 영적 가르침들은 우리를 전혀 엉뚱한 곳으로 인도하는 경우이다.

분노는 곧 삶이다. 그것은 살아있음을 드러내는 강력한 표현으로, 만물에 영향을 미치고, 만물에 흘러들며, 만물을 움직이게 한다. 그 자체로 존중되어야 할 감정이다.

물론, 우리는 분노에 지배당하기를 원하지 않는다! 우리는 분노에 찬 발언을 늘어놓고 싶다거나 그런 말들을 입에 담고 싶어 하지도 않는다. 분노에 몸과 행동이 조종당하기를 원치 않는다. 우리는 우리의 분노에 공간을 부여해주고 또렷하게 의식하면서 그것을 사용할 수 있기를, 말하자면 도구로 사용할 수 있기를 원한다. 필요한 분노, 적절한 분노, 부드러운 분노로 말이다. 우리는 분노에 의해 진이 빠지고, 분노하는 사람으로 정체성이 만들어지고, 분노에 의해 고립당하고, 분노에 휘말려 자신을 완전히 잃어버리는 걸 바라지 않는다. 우리는 이 강력하고 맹렬한 친구와 건강한—나아가 사랑으로 충만한—관계를 맺기를 바란다.

우리가 분노를 압도하려 할 때, 우리가 분노를 우리의 몸 안 저 깊은 무의식의 대기실로 밀어 넣으려 할 때, 분노는 그곳에서 더욱 기승을 부리다가 마침내 면역체계에까지 대혼란을 일으킨다. 우리는 더 이상 분노를 '가지지' 못한다. 분노가 우리를 '가져버리기' 때문이다. 분노는 더 이상 찾아오거나 떠나가는 느낌이 되지 못한다.

지금 이 순간 우리는 분노다. 분노는 우리의 뼈에, 살에, 세포에 고스란히 존재한다. 분노가 우리의 정체성이다. 우리의 내면에 가해지는 압박을 풀어내기 위해서는 공격성과 격분에 휩싸인 우리 자신을 살펴보아야 한다. 그렇지 않으면 우리는 세상과 타인들—이웃, 정치가, 가족, 배우자—에 대한 원망과 적대감을 은밀하게 터뜨리는 수동적 공격성향passive-aggressive*을 가질 수도 있다.

우리는 분노를 표현하거나 방향을 돌리는 다른 종류의 무의식적인 방법을 찾아낸다. 거짓말하기, 비난하기, 빈정대기, 불평하기, 혹은 그저 상대를 '묵살해 버리기' 같은. 이 모든 방법들이 우리 자신으로부터 고개를 돌리는 것이다. 그래 봐야 우리의 내면에는 여전히 분노가 존재한다. 우리가 아무리 '영적'이라고 생각하고, '분노를 넘어섰다'고 생각해봐야 소용이 없다.

가장 '평화'롭고, '깨어' 있으며, '영적으로 발전한' 구루guru**들의 이야기가 있다. 배우는 사람들이 보이지 않는 곳

---

* '수동공격'은 소극적이고 간접적인 방법으로 자신의 불만이나 분노를 전달하는 것으로, 주로 상대가 너무 강하거나 그 사람과의 관계가 나빠지는 것을 원하지 않을 때, 혹은 자신이 피해를 보지 않기 위해 상대의 기분을 거슬리게 하는 방식으로 분노를 표현하는 경우를 가리킨다.

에서 분노를 폭발시키거나 직원과 참가자들을 비난하고 비행을 폭로하는 자기계발 선생들의 일화도 있다. 분노는 사라지는 것이 아니다. 명심하라. 그것을 작동시키는 새롭고 창의적인 방식들을 찾아내야 한다.

한편으로는 분노에 옴짝달싹하지 못하고, 다른 한편으로는 습관적으로 폭발시켜 타인에게 상처를 입히는, 이 둘 사이에는 건강하고 신성한 중간이 있다. 분노를 아래로 밀어내는 억압, 그리고 위안을 찾기 위해 분노를 밖으로 밀어내는 무의식적이고 반작용에 가까운 표현의 중간지대.

이 중간지대에 명상의 신성한 왕국이 있다. 여기서 우리는 숨을 내쉬고 들이쉴 수 있다. 우리가 우리 몸 깊은 곳에 있는 분노를 비로소 느낄 수 있는 곳은 이곳이다. 우리는 우리의 온갖 생각들—머릿속의 드라마, 타인에 대한 비난과 공격, 복수극 판타지—로부터 빠져나와 우리 자신의 뱃속, 가슴, 목, 명치, 머리로 곧장 들어간다. 살아있음의 중심으로 들어가라. 지금 이 순간의 생생한 불길 같은 감각들로 들

** 힌두교·시크교의 스승이나 지도자.

어가라. 강렬한, 맥박처럼 뛰는, 고동치는, 몸서리치는, 펄떡이는, 간질거리는, 뜨거운, 빠르게 내달리는 감각들로! 이때 우리는 그 느낌들 속으로 숨을 불어넣고 내쉴 수 있으며, 우리의 온기 가득한 현재를 거기로 보낼 수 있으며, 그들을 우리 안으로 이동하게 놓아둘 수 있으며, 우리의 몸 안에서 일어나는 놀라운 통제 불능의 혼돈을 축복할 수 있다. 우리는 그 '분노의 아이angry child'가 그토록 절실히 갈망한 사랑을, 비로소, 그 아이에게 마음껏 줄 수 있다.

우리는 분노에 무의식적으로 반응reacting하는 대신에 우리의 분노에게로 천천히 내려가 사랑스럽게 응답respond할 수 있다.

현재라는 곳에서 우리는 우리의 분노에 책임질 수 있다. 다른 어떤 곳으로 분노를 내보내는 대신, 타인을 비난하고 잘못을 폭로하고 함부로 대하는 대신, 그들에게 책임을 전가하는 대신, 우리가 책임을 지는 것이다.

우리는 "그래, 내 안에 지금 분노가 들끓어!"라고 말할 수 있다. 분노가 우리 안으로 이동하는 그 강렬한 느낌을 존중할 수 있다. 그것이 우리의 실수나 실패가 아님을, 우리가

'영적으로 덜 개발되었다는' 표시가 아님을, 자연스럽고 건강하고 성스러운 것임을 우리는 알 수 있다.

분노 속으로 우리가 만약 천천히 내려가고, 호흡하고, 의식을 집중한다면, 우리는 곧 부서질 것처럼 연약한 인간의 마음을 발견할 수 있다. 슬픔. 실망. 불확실함. 그리움. 거부감. 무감각. 결핍.

분노는 보호의 수단이었다. 실수가 아니라, 보호의 방책이었다.

우리는 그 목적을 수행해준 분노에 감사할 수 있다. '타인들'로부터 우리를 안전하게 지켜준 것에 대해. 우리의 매끄럽고 통통하고 민감하고 겁먹은 심장heart을 보호해준 것에 대해. 우리의 요구를 들어주려고 애쓴 데 대해. 다른 사람들이 들어주도록 애써준 것에 대해.

성숙한 존재라는 가면, 그 아래에 무엇이 있는지를 보라. 거기에는 순정한 아이가 있다. 관심을 가져달라고 부르고, 떼를 쓰고, 비명을 지르고, 분노를 터뜨리는.

"내 말 좀 들어주세요. 나를 좀 봐주세요. 나에게 사랑을 주세요. 나를 지켜주세요. 나는 잘못이 아니에요…."

그 연약한, 신령한 가슴spiritual core에서 울려 나오는 분노의 함성을 따르라.

당신의 위대한 보호자를 사랑하라.

23

바위처럼 당당하게 서라!

Stand Strong Like a Rock!

세상과 '잘못' 관련된 것이 무엇일까 따위에 집중하지 말라. 당신이 망가진 세상과 맞서 싸울 때, 당신이 저항과 내면의 폭력에 갇힌 채 살아갈 때, 당신은 당신이 보고 있는 외부의 폭력에 협력하게 된다.

있는 그대로의 세상을 보라. 화가가 얼굴을 보듯이. 얼굴 안의 결함들, 완벽하지 않은 요소들, 튀어나온 것과 푹 꺼진 것, 패어나간 것과 쭈글쭈글한 것들을 있는 그대로 묘사하듯이. 빛과 빛이 사라진 어둠을, 사랑과 사랑의 상실을,

온화함과 온화함의 망각을 보라. 당신을 매료시킨 그 모든 것을 샅샅이 보라. 지금 이 순간의 세상을 사랑하라. 그것이 나타나고 있는 그것을. 당신의 사랑이 가득한 두 팔로 세상을 껴안으라. 세상은 언제나 젊고, 실수하고, 배우는 중이다.

이곳 사랑의 거처로부터 세상으로 다시 들어가라. 바위처럼 강하게 우뚝하게 서라. 당신의 힘이 넘치는 현재로 세상을 비추라. 언어로만 말해주는 것이 아니다. 말없이도 들려줄 수 있다. 이해와 공감의 메시지를 증폭시키라. 진실을 퍼트리라.

당신이 알고 있는 것을 위해, 당신이 사랑하는 것을 위해 싸우라. 당신이 반대하고 거부하는 것과 싸우지 말라.

당신이 관심과 주의를 기울이는 것은 당신이 가진 가장 위대한 축복이며 선물이다. 지금 이 순간, 당신은 태어나고 있는 것이다. 사랑으로 가득한 당신의 관심과 주의를 가진 채로. 이곳이 세상이다. 이 세상을 축복하라.

당신의 형제자매들과 함께하라. 당신의 진정한 가족을 찾으라. 피부색, 인종, 종교, 신념을 초월한. 사랑이라는 이름으로 함께하라.

　이제 당신은 세상을 공격하지 않는다. 다만 세상과 함께 싸운다. 세상의 모든 천사들과 당신이 함께 싸워나간다.

24

사랑이 당신을 갈라놓을 때

When Love Cracks You Open

사랑이 늘 당신에게 편안한 느낌만을 주지는 않는다. 사랑은 순수한 가능성의 존재이며, 오로지 현재에만 존재하기 때문이다. 오직 현재에서만이 모든 느낌과 충동을 맞이한다. 온화한 것이든 고통스러운 것이든. 너무도 불편하고 가혹한 것이든.

그래서 당신이 누군가의 문제를 받아들이고 당신의 문제가 누군가에게 받아들여질 때, 당신이 두려움에 지배당하지 않는다면 당신의 마음은 선택의 여지가 없을 것이다. 다만 사랑의 광대무변함에 의해 갈라질 뿐이다. 당신은 어떤 방식으로든 결과를 통제할 수 없을 것이다. 그것이 바로 자아$_{ego}$가 사랑할 수 없는 이유이다.

안심과 불안. 행복과 슬픔. 확실과 불확실. 두려움과 두려움 없음. 연약함과 강함. 가치와 가치 없음. 그 '사이'에 존재하는 모든 것. 지금 당신을 가득 채우려는 삶$_{life}$이 너무 많다. 그러나 당신은 그 모든 것을 거의 가질 수 없다. 당신은 삶으로 가득 차 있고, 삶에 의해 깊이 스며들며, 삶과 함께 잉태된다.

사랑에 대해 그들이 당신을 속였다는 것을 알라. 그들은 언제나 좋은, 온화한, 행복한 느낌을 가지고 될 거라고 말해왔다. 그들은 당신에게 주어질 무언가가, 당신이 얻거나 지녀야 할 무언가가 있다고 말해왔다. 그들은 그것이 나비와 천사와 빛이라고 말해왔다.

그러나 실제로 그것은 언제나 당신에게 벌거벗은, 생생한, 살아있는, 갈라진, 온전한, 연약한, 흔들리는 것이었다. 그러나 그것이 진짜였다. 우주를 들이쉬고 인간의 희열과 어둠과 슬픔과 즐거움을 내쉬는 숨이었다. 때로는 도무지 알지 못했다. 당신이 지옥의 삶을 살고 있다는 것을. 하지만 어떻게 여전히 살아있는지를.

좋다. 호흡하라Breathe. 이곳에서 모든 것은 아름답게 펼쳐져 있다. 사랑은 얻어지기만 하는 것이 아니다. 잃어지기도 하는 것이다. 사랑받는 것들은 죽을 것이고, 사랑하는 것들은 사라질 것이다. 그러나 사랑은 죽지도 사라지지도 않는다. 사랑은 그저 당신을 일어서게 하고, 보도록 하고, 다시 나락으로 떨어지게 하고, 다시 경이로움에 빠뜨린다. 당신이 일어설 때면 언제나. 사랑은 당신을 열고, 당신을 닫는다. 당신을 부러뜨리고, 당신을 비참하게 만들고, 어린 시절 당신이 가졌던 사랑에 대한 판타지들을 조롱한다.

그러나 그것은 모두 자연스런 일이다. 그리고 그것은 모두 당신을 위한 일이다. 당신은 오래지 않아 완벽한 원으로 그려져 당신 자신에게로, 근원Origin으로 돌아갈 것이다. 당신은 오직 당신 자신의 마음Heart을 찾고 있었을 뿐이다. 온갖 것들이 투영된 거울을.

사랑은 여기here에 있다. 사랑은 늘 여기에 있었다. 희열과 어둠 사이의 어딘가. 사랑이 당신을 발견했던 곳. 당신이 서 있는 바로 그 땅은 축복받았다. 그리고 당신은 다시 한번 편안하다.

그러니 울고, 웃고, 흔들리고, 토하고, 당신이 선 그 땅을 의심하라. 아무리 그렇게 해도 당신이 당신의 그 마음에 의해 버려지는 일은 결코 없을 것이다.

25

더 이상 구걸하지 말라

No Longer a Beggar

　당신의 삶에서 모든 사람이 지금 이 순간 당신을, 최선을 다해 사랑하고 있다. 지금 이 순간, 그들의 가슴은 닫혀 있기도 하고 열려 있기도 하다. 그 어떤 것도 가능하다. 그들의 트라우마, 신념, 그들 자신을 응시하려는 의지, 무의식 속에서 억누르고 있는 참을 수 없는 감정, 스스로 도망치는 방식에 따라 양상은 달라진다.

　사람은 누구나 당신이 결코 알 수 없는 슬픔, 공포, 즐거움과 거래하고 있다. 그들만의 방식으로 사랑을 찾고, 당신이 결코 목격한 적이 없는 지하세계의 괴물과 사투를 벌이고 있다.

당신이 타인들로부터 사랑을 얻으려 애쓸 때, 오늘 그들의 가슴이 얼마나 열려 있는지 혹은 닫혀 있는지가 정말로 중요하다. 당신은 그들과 함께 전투에 참여한다. 그들을 열어놓으려 애쓰고, 그들의 사랑이 잠겨 있지 않도록 하면서.

당신이 사랑을 구하지 않고, 사랑을 당신 자신의 진정한 본성으로 알고, 당신 자신의 빛나는 가슴으로 사랑의 근원을 느끼면, 당신은 자유가 되고, 사랑을 쟁취하려는 전투는 끝난다.

당신은 이제 다른 사람들이 그들만의 방식으로 당신을 사랑하도록 허용하게 된다. 머릿속으로는 '제한적'이라는 생각이 들지도 모르지만, 문제 될 게 없다.

활짝 열린 눈으로 보면, 제한된 사랑 또한 축복이기 때문이다. 열린 마음이란 그런 것이다. 기적이다. 하지만 닫힌 마음 또한 존중받아야 할 것이다.

이제, 당신은 사람들이 당신을 사랑하도록, 그들이 할 수 있는 만큼 사랑하도록, 놓아둘 수 있게 되었다.

———

당신은 더 이상 사랑을 구걸하지 않는다.

당신은 사랑의 진정한 원천이 무엇인지를, 그것이 바로 당신이라는 사실을 알았기 때문이다.

26

오늘, 난폭한 당신을 제어하지 말라

Today, Be Wild

미쳐버리거나 자신의 삶을 망가뜨리는 사람들이 있는 건 당연하다. 그들 내면에 너무도 많은 삶이 있는데 도저히 표현할 수 없거나, 심지어 거기에 접근할 수조차 없다고 느끼기 때문이다.

남자나 여자, 혹은 동물에 대한 성적 충동이 당신에게 일어난다면, 당신은 병든 것이 아니다. 그들을 지나가도록 내버려 두라. 당신이 호흡하듯 그들을 들이쉬고 내쉰다면 그들은 당신을 조종하지 못할 것이다. 그들을 '제거'할 필요도 없고, 해결책을 구하기 위해 그들에게 행동을 취할 필요도 없다.

그들은 단지 생각mind을 통과해가는 그림들, 인식awareness 의 거대한 스크린 위에 떠오른 이미지일 뿐이다. 당신이 그들을 허용하면 할수록, 문제가 되는 상황은 그만큼 줄어든다. 당신 자신에 대한 판단을 중지하라. 당신 자신을 판단하기 위해 당신 자신을 판단할 필요는 없다. 생각은 순수한 창의성이며, 우리에겐 우리의 생각을 통제할 힘이 거의 없다. 우리의 힘은 실제로 생각이라는 극장을 통과해가는 모든 것들을 사랑스럽게 껴안을 수 있는 능력, 마음의 '음향과 분노sound and fury'*에 자리를 만들어주는 능력, 그 모든 것이 궁극적으로는 '아무런 의미가 없다'는 것을 알게 되는 능력에 있다.

생각을 그냥 생각이 되도록 내버려 두라. 그리고 당신은 생각mind이 아니라는 사실을 알라.

---

* 노벨문학상을 수상한 미국의 소설가 윌리엄 포크너(William Faulkner)의 장편소설(1929) 제목이기도 한 이 말은, "의미 없는 소음"을 의미한다.

죽음에 관한 생각들이 당신을 방문한다 해도 당신은 손
상을 입지 않는다. 그들을 축복하고, 그들이 지나가도록 내
버려 두라. 그들은 언제나 지나가기 때문이다. 그들은 단지
생각들, 소리들, 생생하지만 한낱 그림이나 영상일 뿐이기
때문이다.

즐거움이나 슬픔, 두려움, 분노라는 느낌들이 예기치 못
한 상황에서 당신을 휘저으며 지나가고 있다 해도 당신은
미치지 않는다. 때로는 그 느낌들이 한꺼번에 밀려들기도
할 것이다. 그때 그 느낌들에 용감하게 자리를 내어주라.
당신은 절대 그들의 노예가 아니다.

혼란스런 이미지들이 자각과 인식Awareness의 스크린 위에
상영되고 있다 해도 당신은 혼란스러워지지 않는다. 당신
은 도무지 변할 줄 모르는 그림이나 영상이 아니라, 스크린
이기 때문이다. 스크린은 절대 변하지 않는다. 다만 그림이
나 영상이 그 위로 스쳐 지나갈 뿐이다.

당신 자신 안에 방room을 마련하라. 빛과 어둠을 위한 방.
이상한 것, 괴상한 것, 에로틱한 것, 금기와 기이한 것, 불
편한 것들을 위한 방. 어떤 것도 억누르지 말라. 아무것도

부정하지 말라. 그들 가운데 당신을 조종하거나 겁에 떨게 만드는 것은 단 하나도 없다. 당신은 보게 될 것이다. 모든 생각들이 당신의 아이들이라는 사실을.

급진적인 자기사랑self-love은 존재하는 가장 심오한 즐거움이다. 그 존재 안에서 난폭해지는 것을 허용하라. 자유로워지고, 살아있도록 하라.

그리고 알라. 당신에게 그 어떤 것도 잘못되지 않는다는 사실, 영원히 그럴 것이라는 사실을.

27

탄트라*의 진흙 속 깊숙한 곳

Deep in the Tantric Mud

우리는 영적 스승들, 영적 인도자들, 영적 천사들, 영적 치료사들, 영적 선동가들, 영적 협력자들, 그리고 온갖 종류의 적대자들 앞으로 보내졌다. 파트너들, 아이들, 친구

---

* 고대 힌두교나 불교 경전을 가리키는 탄트라는, 오늘날 기도나 명상을 광범위하게 가리키는 말로 쓰인다. 구체적으로는 8세기 이후 힌두교의 비교적(祕敎的) 성전(聖典)인 「탄트라」에 기초한 인도의 밀교(密敎)를 의미하는데, 민속 신앙에 기인하여 발달해 성(性)을 인정하는 것이 특징이다. 원래 탄트라는 '날실'이라는 뜻이다.

들, 가족들, 사랑하는 사람들도 있다. 치유 전문가들, 직장의 동료들도 있고, 지하철을 타면 숱한 낯선 사람들과도 만난다.

우리의 진짜 스승들은 우리들 주위에 있다. 삶의 진짜 가르침들은 오래된 것이거니와 우리의 내면 깊은 곳에 놓여 있기 때문이다.

지금 이 순간 우리의 삶에 속한 모든 사람은 우리에게 건네줄 선물들을 가지고 있다. 어떤 선물들은 명확하게 보인다. 어떤 선물들은 지나고 나서 보니까 선물이었다는 것이 드러난다.

어떤 관계들을 통해 우리는 귀 기울여 듣는 법을 배우게 된다. 누구의 것이든 고치려 들지 않고, 충고하려 하지 않고, 그들이 느끼는 것 그대로를 느끼지 못하게 막지 않고, 진실을 그대로 받아들이는 것이다. 그들의 세계를 진지하게 받아들이는 것. 우리 자신의 뇌를 버리는 것. 우리의 자아도취, 나르시시즘을 내려놓는 것. 다른 신발을 신고 걷는 것이다.

어떤 관계들은 우리에게 우리 자신의 목소리를 듣는 법

을, 우리 자신이 원하고 필요로 하는 것과 연결되는 법을 가르쳐준다. 우리의 진짜 느낌들을 솔직하게 공유하고 우리의 내면에서 울려 나오는 소리를 입 밖으로 내는 것이다. 우리의 가슴을 뛰게 만드는 그대로, 우리가 어떻게 받아들이게 될 것인지에 대한 걱정조차도 그대로 공유하는 것이다.

어떤 관계들은 우리에게 사랑받는 법을, 사랑 안에 그대로 놓아두는 법을 가르쳐준다. 도움받고 있는 우리 자신을 그대로 따르는 법. 도와달라고 청하는 법과 도움을 청하는 것을 약한 모습이라고 여기지 않는 법. 보살핌을 받는 법. 보호받는 법. 사랑 어린 관심을 받아들이는 법. 다른 사람의 동정 어린 시선을 받아들이는 법. 그런 위로가 흘러들도록 놓아두는 법. 우리가 그럴 가치가 있음을 터득하게 되는 법.

어떤 관계들은 우리에게 후원하는 법을, 다른 사람의 느낌과 필요에 관심을 기울이는 법을, 다른 사람들을 돌보는 법을 가르쳐준다. 앞장서서 이끌어가고, 우리 자신의 일로 삼는 법. 우리의 시간과 관심을 주는 법. 감정적인 힘과 물리적인 힘을 투여하는 법. 우리의 자발적 희생이란 선물을 안겨주는 법. 이런 것들을 행하는 데 우리가 한계를 가지고 있다는 것을 발견하는 법. 그것을 죄책감이 아니라 자신을 성장시키는 것으로 여기는 법까지.

어떤 관계들은 우리 자신을 위해 표현할 필요성을 우리에게 가르쳐준다. 그것은 우리에게 불리한 것에—우리를 아프게 하는 것, 잘못된 것, '너무 많다'거나 '너무 적다'는 느낌이 드는 것에—솔직해지도록 우리를 독려한다. 경계가 무너진 때를 알게 되는 것. 우리 중 일부가 무시당하고, 외면받고, 존중받지 못하고, 학대받는 것에 대해 정당한 분노를 표출하는 것. 결과가 어찌 되었든 '노'라고 말할 수 있는 우리 자신을 존중하는 것.

때로 우리는 분열, 상심, 죽음, 관계의 변화를 통해 배운다. 우리는 우리를 병들게 하는 뭔가로부터 한 발짝 내딛게 하는 용기를 되찾는다. 구태의연한 것으로부터 빠져나와 낯선 곳으로, 생생하게 살아있는 곳으로, 설사 고통과 외로움을 느끼게 되더라도, 그 안으로 들어가는 것이다. 우리의 힘, 우리들의 소중한 가슴 안으로 걸어가는 것이다. 닫히고, 열리고, 닫히고, 열리고, 다시 닫히고, 다시 열리는, 그

가슴으로,

때로 우리는 관계가 끊어지고 멀어지는 느낌이 들 때, 그 관계를 통해 성장한다. 충돌과 오해가 일어나는 그 시간—현재에 머물러 있는 것을 통해 성장한다. 분노와 두려움과 슬픔과 격분과 부끄러움과 죄의식이라는 감정을 온전히 느끼는 것을 통해, 우리의 고통이나 더없는 행복을 표현함으로써 성장한다. 머물러 있는 것의 힘을 발견하는 것. 혼란 속으로 천천히 걸어 내려가고 그 혼란을 함께 바라보는 것. 그러다 관계가 다시 연결되는 장소를 발견할 수도 있다. 그러다 뭔가를 할 수도 있다. 미안하다고 말할 수도 있다. 우리의 상처와 행위를 간직하고, 다른 사람들이 그들의 상처와 행위를 간직하도록 내버려 두는 것.

때로 관계는 우리에게 다른 사람과 함께하는 법을 가르쳐줄 뿐 아니라 우리 자신과도 함께하는 법을 가르쳐준다. 우리의 값진 고독으로부터 더 이상 도망치지 않는 법. 침묵, 고요, 고독 속에서 즐거움을 발견하는 것.

하나One가 되는 것. 둘two이 되는 것.

연대하는 것. 독립하는 것.

균형을 잃을 때의 느낌.

관심받지 못하고 있다는 느낌이 들 때의 느낌.

질식할 것 같은 느낌.

옴짝달싹할 수 없을 것 같은 느낌.

연결이 끊어진 느낌.

공허. 충만.

혼자가 되고 싶은 마음을 진지하게 받아들이는 것.

위로를 받고 싶은 마음을 진지하게 받아들이는 것.

숨고 싶을 때, 노출되는 것이 두려울 때, 연결을 피하려고 할 때를 인지하는 것.

다른 사람을 위해 자신을 포기하고, 상대를 만나기 위해 자신을 버리고, 구해지고 고쳐지고 머리끝에서 발끝까지 꾸며지고 만들어지기를 기대하는 심리에 중독되어 있음을 인지하는 것.

때로 관계는 더없는 행복이다.

때로 관계는 혼란스럽고, 고통스럽다.

우리는 가장 높은 단계의 친밀함에 닿아 있어야 한다는

얘기를 듣는다.

우리는 실존적 고독의 심연, 가장 깊은 갈망에 닿아 있어야 한다는 얘기를 듣는다.

우리는 우리 자신을 알아야 한다는 얘기를 듣는다.

관계라는 길 위에서의 모든 경험은 우리에게 가르침을 줄 수 있고, 우리를 변화시킬 수 있고, 우리를 치유할 수 있다.

사투를 벌이고 있는 중에도, 우리는 축복과 통찰을 발견할 수 있다.

우리가 만약 기꺼이 천천히 내려가 바라보려 한다면.

우리가 만약 호기심을 가지고 체화된 경험 안으로 부드럽게 빨려 들어가는 용감한 행위를 기꺼이 하려 한다면.

우리가 만약 관계 맺음의 고통과 즐거움을 기꺼이 느끼려 한다면.

탄트라의 진흙밭 그 깊숙한 곳에서, 우리는 황금을 캐낼 수도 있다.

28

신성한 집의 출입문

The Doorway of the Sacred

트라우마란 무엇인가? 생각도 할 수 없는 느낌들을 생각하는 것. 견딜 수 없을 것 같은 것을 느끼는 것. 온전히 가질 수 없는, 지닌 채 살아가기 힘든 체내 감각. 일어났을 당시 완전히 소화해낼 수 없었던 경험. 보고 싶지 않은, 마음속에 그려진 그림들. 달아나고픈 우리 안의 어둠. 숨기고 싶은 '부정적인 무엇'. 타인은 물론 우리 자신에게도 감추고 싶은 두려움과 부끄러움.

매 순간마다 우리는 그 어떤 끔찍한 생각과 강렬한 느낌들조차도 지금Now이라는 활짝 열린 치유의 두 팔에 안기도록 할 수 있다. 그 두 팔은 지금이라는 시간에 존재하는 공간이다.

사랑하는 친구, 능숙한 치유 전문가, 거대한 산이나 하늘, 모든 신과 천사들은 저 아득한 시대의 지구와 함께 현재의 존재들이다. 그들은 우리와 맞닿아 있고, 늘 새롭게 태어난다. 우리는 우리가 만들어놓은 담을 부수고 가장 깊은 고통과 슬픔에 닿을 수 있다. 호기심과 인식과 사랑으로 고통과 슬픔을 씻어낼 수가 있다.

매 순간마다 우리는 거대한 명상의 평원에서 견딜 수 없는 것을 견디고, 참아낼 수 없는 것을 참고, 가장 깊은 고통으로 숨을 내쉬고 그곳으로부터 숨을 끌어올려 들이쉴 수 있다. 마음 가득, 천천히, 우리는 빛으로 두려움을 씻어낼 수 있고, 가장 어두운 곳을 온화함으로 적실 수 있고, 무섭고 끔찍한 짐승들로 우글거리는 지하세계를 환하게 비출 수 있다.

상처는 입구다. 당신이 그곳을 향할 때, 그것은 당신을 죽이지 않을 것이다. 나는 내 안에 깃들어 있던 두려움들을 알고 있다. 그것들은 나를 온전한 정신의 가장자리로, 죽음의 가장자리로 밀어댔었다. 나는 너무나도 견디기 힘든 슬픔에 닿아 있었다. 내 가슴은 단 일 초도 그 슬픔을 쥐고 있을 수가 없었다. 나는 화산이 폭발하는 듯한 격분에 휩싸여 있었다. 그 분노의 폭발력은 온 우주를 파괴할 수도, 태어나게도 할 수 있을 것 같았다.

그러나, 매 순간순간, 나는 견딜 수 없는 것을 견딜 수 있었고, 받아들일 수 없는 것을 받아들일 수 있었고, 내면의 '적'과 사랑에 빠질 수 있었다. 그 적이 나의 사랑을 갈구하며 내지르는 분노의 비명을 들었을 때, 나는 그것이 순진무구한 내면의 아이inner child라는 것을 알았다. 나의 살이며 피라는 것을. 적도 이방인도 아니라는 것을. 나 자신의 일부라는 것을. 이러한 이해는 내 삶을 완전히 바꾸어놓았다.

나의 가장 깊은 트라우마의 한가운데에서 나는 나를 돌아보며 미소 짓는, 온화한 내 얼굴을 보았다. 나는 내가 가졌다는 것을 까맣게 알지 못했던 힘과 용기를 발견했다. 나는 더할 수 없는 안전함을 발견했다. 나는 신을, 그녀*를, 발견했다. 그녀는 나의 가장 깊은 상처들을 (그녀 자신의 상처들을) 사용해 나 자신을 (그녀 자신을) 불러냈고, 나를 흠 하나 없는 완전한 존재로 회복시켰다. 더 이상 분열은 없었다.

당신의 트라우마는 블랙홀이다. 만약 당신이 그곳으로 도망치려 한다면, 그것은 당신으로부터 삶을 빨아들일 것이고, 당신 주위의 모든 사람을 빨아들일 것이다. 하지만 트라우마는 퀘이사quasar**일 수도 있다. 암흑을 연료로 삼아 스무 개의 은하보다 더 많은 빛을 발산하는, 새로운 생명의 놀라운 발전기!

어둠에서 빛을! 고통에서 기쁨을! 시련의 불로부터 황금을!

---

* 저자는 신(God)을 여성형인 herself와 she로 표현한다.
**강한 전파를 내는 성운(星雲)으로, 은하 중심핵의 폭발에 의해 생긴 천체. 여기서는 '새로운 탄생'을 상징하는 것으로 사용된다.

29

야생의 붓다

The Wild Buddha

친구여, 당신은 지금 당장 '고요하고, 멋지고, 아주 침착한 이성적 존재'라는 이상理想을 버릴 수 있다. 당신은 '완벽하게 평화로운 바위와 같은 붓다'라는 이미지를 불길 속에 던져버릴 수 있다.

그런 것은 끔찍한 거짓말이다. 흐느끼는 것은, 비명을 지르는 것은, 신음하는 것은, 한숨을 내쉬는 것은, 미친 듯 웃음을 터뜨리는 것은, 와들와들 떠는 것은, 공포와 분노를 느끼고 깊디깊은 슬픔에 빠지는 것은, 황홀한 즐거움에 빠지는 것은, 깊고 강렬한 욕망과 그리움에 빠져드는 것은 건강한 것이다.

우리 모두에게는 야생의 붓다wild Buddha가 있다. 그녀*는 길들여지지 않는다. 당신이 그녀를 억압하려 하면 할수록, 그녀는 더욱 크게 울려 나온다. 당신이 그녀를 수치스러워하면 할수록, 그건 그녀를 더욱 미치도록 만드는 것이다. 그럴수록 그녀는 '비이성적'이거나 '과잉 감정'의 느낌을 받게 될 것이고, 더 크게 분노하고, 힘 또한 더욱 커질 것이다. 당신이 그녀로부터 도망치려 하면 할수록, 그녀는 당신을 더욱 맹렬하게 뒤쫓을 것이다. 그녀는 영리한 말들, 궤변처럼 늘어놓는 철학에 당하지 않을 것이다. 그녀는 침묵에 빠지지 않을 것이다. 당신은 그녀로부터 달아날 수 없을 것이다. 당신은 그저 당신 자신으로부터 달아나려 애쓸 뿐이기 때문이다.

우리 모두는 결국 내면의 야생적 존재Wild One와 마주하

---

* 저자는 '깨달은 자'를 일컫는 붓다(부처)를 빗대어 인간이 가질 수 있는 모든 고뇌를 생생하게 겪으면서도 그것을 통해 깨달음에 이르는 '야생의 붓다(wild Buddha)'를 상정하고, 거기에 여성형 대명사를 사용하고 있다.

고, 우리의 자연스런 느낌들, 강요와 충동, 즐거움과 고통, 이완과 긴장에 호기심을 가져야 한다. 그들에게 마음 가득한 관심과 호흡을 선물하고, 우리의 사랑과 이해를 선물하고, 우리 자신 안에 영원히 존재하는 집―자유롭게 돌아다니는 공간을 선물해야 한다. 우리가 우리의 야생을 친구로 맞이할 때, 우리는 타인의 내면에 존재하는 그들의 야생과 친구가 될 수 있다.

우리가 더 이상 우리의 느낌들을 두려워하지 않게 될 때, 우리는 더 이상 다른 사람들의 감정을 헛되이 조종하려 들지 않으며, 우리의 야생의 놀이 친구를 위해 더 많은 공감과 연민을 가지게 될 것이다. 우리는 흐느낄 것이고, 비명을 지르고 신음할 것이고, 한숨 쉬고 미친 듯 웃음을 터뜨릴 것이고, 무서워 떨 것이고, 두려움과 분노를 느낄 것이고, 깊디깊은 슬픔에 빠질 것이고, 황홀한 즐거움에 빠질 것이고, 깊고 강렬한 욕망과 그리움을 가지게 될 것이다. 그리고 우리는 마침내 이들 모두를 신성Divine의 드러남으로 축복하게 될 것이다.

붓다는 때로 아이처럼 흐느꼈다. 붓다는 정의롭지 못하

고 온갖 학대로 얼룩진 세상에 정당한 분노를 터뜨렸고, 죽음을 두려워했으나 두려움을 떨쳐낸 채 두려움의 한가운데에 서 있었다. 지금 이곳은 붓다가 가진 힘의 원천―내면의 야생을 향해 멈추지 않는, 결코 부러지지 않는 사랑이다.

30

불길을 달래다

Soothe the Fire

가장 크게 오해하는 것 가운데 하나는 "절대 화를 내서는 안 된다."는 것이다. 아마도 우리는 이것을 부모로부터, 혹은 영적인 스승, 전문 치료사, 자기계발이나 종교 지도자로부터 배웠을 것이다. 그들처럼 언제나 평화로워야 하고, 고요해야 하고, 중심을 잃지 않아야 한다고. 우리는 여유로워야 하고, 튼튼한 토대를 갖춰야 하고, 균형을 잘 잡고 있어야 하고, 긍정적이고 행복해야 한다고.

물론, 우리는 동정적이고, 친절하고, 인내하고, 이타적이고, 수용적이고, 서로를 깊이 사랑해야 한다. 분노는 부정적이거나 파괴적인 감정이며, 그런 상태를 이겨내어 그 너머로 가야 한다고 배웠다.

이름다운 이상, 아름다운 꿈이다. 그러나 여기 이곳에는 다른 것이 있다. 우리 내면의 아이inner child는 때로 '좋은 것'에 똥침을 가할 수도 있다. '멋진 것'이나 '사랑스러운 것', '위로가 되는 것', 심지어 '행복'에 대해서도 가차 없이 똥침을 날린다.

그리고 여기 이곳에서는 '영적인 것'이란 얘기를 들어본 적이 없다.

상처 입은 느낌, 분노와 두려움, 때로는 혐오감 같은 걸 느끼는, 우아하게 자기 도취narcissistic에 빠진 내면의 존재inner one가 있다. 그는 사랑받지 못하는, 투명인간 취급받는 느낌을 가진 사람이다. 우리가 내면의 존재에 입을 꾹 닫고 있을 때, 억압하고 숨통을 조일 때, 그것은 무의식의 깊은 어둠 속에서 불길처럼 타오르는 분노에 휩싸인다. 그것은 순수해서 사랑 어린 관심을 갈망할 뿐이다. 하지만 우리는 이런 걸 배운 적이 없다. 우리는 분노를 두려워하고, 우리 자신과 세상으로부터 분노를 숨기는 법을 배웠다. 그리고 친절하고, 선하고, 행복해지라고… 마침내 영적인 존재가 되라고 배웠다.

세상의 모든 고통과 폭력을 만들어내는 우리의 가장 깊은 느낌들은 바로 그와 같은 억압과 거부다. 그것들에 대해 느끼는 것이 고통과 폭력을 만들어내는 것이 아니다. 그런 느낌들은 자연스럽고 해가 없는 에너지다. 그저 우리 안에서 완성되기 위해 움직이기를, 평화롭게 우리에게 머물기를 원하는 것일 뿐이다.

우리의 관심을 끌려는 시도에서 잊혀진, 내면에 있는 작은 존재가 분노를 터뜨리며 우리의 삶의 에너지를 빼내기 시작하고, 우리를 억압과 무기력과 탈진에 빠뜨리고, 삶으로부터 숨고 싶게 만든다. 억압된 분노는 우리의 중독 증세와 충동에 먹이를 준다. 그것은 스트레스와 만성 통증과 과민증세를 키우고, 병을 키우고, 심지어 자살과 살해 충동까지 부추긴다. 결국 우리는 다시 '자아'를 유지하기 위해 모든 것을 억압하고, 부정하고, 입을 다물려 한다.

우리는 이 내면의 존재를 파괴하거나 걷어낼 수 없다. 그는 단지 어릴 적에 한 번도 받아본 적 없는 사랑을 달라며 보채고 있을 뿐이다. 우리가 그를 파괴하면 할수록, 그는 우리를 더 깊이 파괴하려 한다. 우리가 우리 자신을 두려워하고 투쟁의 대상으로 삼는 것은 그저 힘을 키울 뿐이다.

위대한 치유는 우리의 마음이 만들어낸 이상들을 흘러가도록 내버려 두고, 그런 다음 우리의 살아있는 진실을 향해 정면으로 마주할 때 일어난다.

우리는 '사랑과 빛과 더없는 행복'으로 가득 채워져 있지 않다는 것을 인정해버린다. 늘 그렇게 인정해왔기 때문이다. 대신에 우리는 오늘 투쟁으로 가득 차 있다. 이런 식의 인정은 자아를 위한 죽음, 두려움과 억압의 힘에 눌려 비참하게 패배를 당하는 것과 같다. 우리의 진짜 자아를 위한 완벽한 위안임에도 불구하고.

우리는 매장되어 있는 분노를 모두 꺼내어 의식consciousness 으로 초대함으로써, 마침내 그 분노와 마주할 수 있다. 우리는 분노에 찬 내면의 존재와 연결되고, 마침내 그를 우리의 두 팔로 부여안고, 그를 존재하게 하고, 살아있도록 놓아둔다. 그에게 물어보라. 무엇을 필요로 하는지. 깊이 내려가라. 그는 사랑받지 못하고, 실망하고, 슬프고, 망각된 존재의 느낌을 받는가? 그는 외면당하고, 학대받고, 구제 불능으로 여겨지고, 안전하지 못한 느낌을 받는가? 분노한 다는 것은 우리의 관심을 불러오려 애쓰는, 우리의 연약함 이 행하는 몸짓이 아닐까?

우리의 더할 수 없는 매력적인 관심과 주의를 이 귀한 어린 존재(분노)에게 소낙비처럼 퍼부어주라. 그에게 집을, 목소리를 주라. 그렇게 한다면 그는 더 이상 우리를 조종하지 않을 것이고, 우리는 마침내 그의 노예가 아니라 부모가 될 수 있을 것이다.

우리가 우리의 분노와 친구가 될 때, 그 안으로 숨을 불어넣을 때, 온화한 인식awareness으로 분노를 진정시킬 때, 큰 기쁨이, 진정한 친밀함의 기쁨이 우리 자신과 함께한다. 그리고 우리는 평화를 발견할 수도 있다. 그것은 분노의 반대편이 아니라 한가운데에 자리한다. 평화는 우리 자신을 부여잡고 있는 아주 가까운 곳에서 생겨난다. 분노의 거대한 힘은 해롭다고 알고 있거나 실제로 해로운 것들로부터 우리를 지혜롭게 보호해준다. 그 힘을 기꺼이 환영하고 축복하는 곳에 평화가 있다.

　분노는 나쁜 것도, 잘못된 것도, 우리가 연약하거나 실패한 존재라는 것을 상징하는 것도 아니다. 그것은 지금 이 순간의 문을 두드리는 귀중한 고아다. 그 문으로 들어갈 수 있기를 기다리고 있었던.

31

뉴에이지*의 종언
The End of the New Age

당신의 분노, 의심, 슬픔, 두려움은 '잘못된' 것도, '나쁜' 것도, '덜 성숙해서 생겨난'도 아니다. 그것들은 '생명력이 덜한' 것도, '부정적인' 것도, '영적이지 않은' 것도 아니다. 이런 말들은 모두 머릿속에서 만들어진 상표 딱지, 생각이 만들어낸 판단에 불과하다. 가슴Heart은 알고 있다. 그런 식

---

* 현대의 서구적 가치를 거부하고 영적 사상, 점성술 등에 기반을 둔 생활 방식과 신념.

의 상표 딱지도 판단도 없다는 것을. 이런 모든 관념적인 허울, 이런 모든 느낌들이 있기 전에 우리는 따스함, 받아들임, 공감, 산소, 호기심 가득한 관심에 대한 그리움을 잃어버렸다. 그런 에너지를 상실해버린 것이다.

두려움은 사랑의 반대편에 있지 않다. 그건 마치 파도가 바다의 '반대편'에 존재하지 않는 것과 같다. 두려움은 의식consciousness의 완전한 표현이다. 축복과 기쁨과 경이로움으로 춤추는, 바다처럼 드넓은 의식. 두려움은 잔뜩 웅크린 사랑, 팽팽하게 긴장한 사랑, 사랑이 비집고 들어갈 틈도 없는, 감금당한 사랑이다. 사랑의 '반대편'에 두려움이 있는 것이 아니다.

사랑과 두려움이 둘이 아니라는 것을 이해할 때 당신의 삶이 바뀔 것이다. 그리고 내면의 적, 내면의 폭력이 막을 내리기 시작할 것이다.

당신이 잘못된 '주파수'를 통해 학대를, 상실을, 불운을 '끌어들이는' 게 아니다. '주파수'를 잘못 맞추었다는 식의 거짓말에 속지 말라. 그런 건 존재하지 않는다. 당신의 욕망이 암을 부르고, 감염을 일으키고, 정신분열을 만들어내는 것이 아니다. 이런 것들은 죄의식을 부추기고 희생양을 만들어내는 구태의연한 저주, 두려움과 사랑이 서로 다르다는 이분법을 토대로 만들어진 몹쓸 궤변에 지나지 않는다.

더 이상 뉴 에이지의 신비에 속지 말라. 그 대신 현실을 정면으로 마주하라. 모든 느낌들을 기꺼이 받아들이라. '가장 어두운' 것까지, 사랑스런 우리 내면의 아이들inner children로, 가슴에 일렁이는 파도로, 저 놀라운 신성Divine의 표현으로 받아들이라.

32

빠르게 달려가는 세상 속에서
공감하며 천천히 간다는 것

On Being Slow and Empathic in a Fast World

때로 이 세상을 둘러보고 있으면 거대하고 오래된 슬픔이 나를 통과해 지나간다. 이곳의 모든 것, 모든 사람들이 참 더럽게도 빨리 움직인다. 종종 나는 외계인이 된 느낌이 들곤 한다. 느릿느릿한, 행동에 옮기기 전 오래오래 지켜보는, 지금 이 순간의 외계인. 나는 이 경험에서 저 경험으로 내달리는 사람들을 지켜본다. 무슨 기적들을 완수하려는 건지 거의 멈추는 법이 없는, 경이로움이 자신에게로 흘러들길 기다릴 시간조차 없는 그들을. 매일매일을 그렇게 보내는 그들은 자신이 감각하는 느낌들을 느낌으로 받아들이지 못한다. 스스로에게서 뛰쳐나가 이미지로 만들어진 미래를 향해 달려가는 것에 중독되어 있다. 그래서 이곳here의 기적을 잊어버린 채 저곳there에 완전히 넋을 빼놓았고, 가장 값진 것을 잃어버렸다. 살아있는 존재에 대한 단순한 느낌을.

편하고, 인기 있는, 만들어진 성공 신화—아마도 그걸 향해 가고 있을 것이다. 더 나은, 신나는 내일을 향해 달려가고 있는 중일 것이다. 천천히 내려가는 것에 대한 두려움, 깊이 휴식하는 것에 대한 두려움, 달려가던 걸음을 멈추고 무의식 깊은 곳에 웅크리고 있는 것들 속으로 초대되어 가는 것에 대한 두려움. 억압된 공포들. 근심들. 꽁꽁 얼어붙은 어린 시절의 동경들. 살아있지 않은 삶, 채워지지 않은 잠재력, 입 밖에 내지 못하는 진실들. 빛을 갈망하지만 어둠에 닿기를 두려워하는 마음. 존재의 자연스런 기쁨을 잊은, '성장'할 수 있었으나 짓눌렸던 내면의 아이inner child. '고쳐지기' 위해 입을 다물어 재미를 잃은 아이. 그리고 이제, 표면적인 쾌락으로 만족한다.

성공. 인기. 외모. 성취. 중요한 것들이지만 결국에는 중요하지 않은 것들이다. 제한된 만족, 특정한 조건에서만 가능한 행복. 돈이 있어야만 가능한, 건강해야만 가능한, 누가 쳐다봐 줘야만 가능한. 돈이 사라지면 사라지는, 건강이 사라지면 사라지는, 누군가의 시선이 사라지면 함께 사라지는. 인스타그램 같은. 사고파는 거래와 같은. 상대가 존재해야만 가능한, 상대가 사라지면 홀연히 사라져버리는. 침대에서조차 화장을 지울 수 없는. 불안으로 유지되는, 불안하게 이어지는, 안쓰러운 쾌락.

우리가 잊어버린 거대한 잠재력을 확인하는 것은 슬픈 일이다. 이 무의식적 행위는, 물론, 전혀 '잘못'된 일이 아니다. 나는 내 친구들을 함부로 판단하지 않는다. 나는 내 시간 안에서 완전히 무의식적으로 존재했다. 나는 우리의 상처 입기 쉬운 인간성을 사랑하고, 내달리기만 하는 메커니즘을 이해한다. 우리 모두는 최선을 다하고 있다. 우리는 주어진 조건 대로, 우리 자신을 두려워하도록 길들였다. 나 역시 내달리기만 했다. 그러나 나는 고장이 나야만 했다. 내가 찾아 헤맸던 사랑을 미래에서 찾을 수는 없는 일이었다. 그것은 언제나 지금 이곳에 있었으므로. 호흡보다 더 가까운 곳에, 나의 가슴에 묻힌 채로.

나는 단지 바랐을 뿐이다. 사람들이 내달리는 걸음을 용감하게 멈출 수 있기를. 휴식하라. 필요하다면 잠깐만이라도 멈추라. 필요하다면 울어라. 그러면 마침내 느낄 것이다. 포기, 비애, 수치심은 무의식적으로 상영되는 동영상이었다는 것을. '척하는' 것을, 위장하는 짓을, 멈추라. 살아 있는 진실을 위해 중독에 빠진 표면적인 것들을 희생시켜라. 겁주고, 왜곡하고, 자극하고, 황당하고, 비겁하고, 근거 없는 사실들을.

멈추는 것, 고장 나는 것은 부끄러운 일이 아니다. 혼란 속을 통과하며 호흡하는 것 또한 마찬가지다.

빠르게 내달리는 세상에 공감하며 느려지는 것은 분명 하나의 도전이다. 목표와 결과에 혈안이 된 세상, 표면적인 것들과 통계수치에 온통 정신이 팔린 세상을 예민한 감수성으로 느낀다는 것. 상품을 사랑하느라 사람에 대한 사랑이 줄어든 세상에서 사랑의 존재가 된다는 것. 당신을 옴짝달싹 못하게 만들고는 옴짝달싹 못하는 당신을 치료해주겠다며 약을 팔아대는 세상에서 깨어 있는 존재가 된다는 것 – 이것은 쉽지 않은, 그러나 해야 하는 도전이다.

당신은 옴짝달싹하지 못하는 존재일 수 없다. 당신은, 지금 이 순간, 당신의 길을 알고 있다. 당신은 되돌아설 수 없다. 당신에게 주어진 감성은 빠르게 내달리는 이 세상에 커다란 선물이다. 당신은 세상에게 가르쳐 줄 수 있다. 천천히 내려가는 법을, 평범한 일상에서 아름다움을 가질 수 있는 법을, 공간을 확보하고 침묵을 지키며 편안해지는 법을, 호흡하는 법을….

33

즐겁게 걷기

Walking with Joy

때로 당신은 목표, 목적지, 미래, '당신이 있어야만 한다는 곳'에 완전히 매료돼 지금 두 발을 딛고 있는 땅, 당신이 서 있는 곳, 다음 걸음을 떼게 될 곳, 삶이 늘 존재하는 곳을 잊곤 한다.

당신은 지금 이 순간, 당신이 호흡하고 있다는 것을, 삶의 여정journey이 호흡들로 이루어지고, 반복될 수 없는 순간 순간들로 이루어진다는 사실을 잊는다. 당신은 당신 자신의 현재를 잊는다. 아주 견고하고, 무척이나 믿을 만한, 여정의 끊임없는 변화 속에서도 변함이 없는 당신의 현재를. 미래에 닿게 될 목적지가 현재보다 더 중요했던 당신은 그렇게 시간 속에서 길을 잃어왔다.

즐거움은 당신이 도달할 곳이 아니다. 즐거움은 당신의 여정이 완성되는 곳에 마법처럼 나타나는 무엇이 아니다. 그것은 단지 지금 이 순간에만 존재한다. 즐거움은 지금Now 이라 불리는 집을 가지고 있다.

즐거움은 살아있다는 느낌 안에 존재한다. 부풀었다가 가라앉는 복부, 심장의 뜀박질, 오후의 저 놀라운 소음들 속에 있다. 즐거움은 발을 떼거나 떼지 않거나 모든 걸음 속에 있다. 당신이 길을 잃었든, 목적지로부터 멀리 떨어져 있든, 혹은 다음 걸음에 대해 확신이 서지 않든, 즐거움은 당신과 함께 걷고, 당신의 목덜미를 타고 내려가 올라오는 숨과 함께, 당신이 있는 '곳'—'여기'에 있다.

34

사랑의 모험

Love's Adventure

우리는 사랑을 두려워하는 만큼이나 사랑을 갈망한다. 우리는 드러내지 않으려고 하는 만큼이나 드러나기를 갈망한다. 우리는 친밀하고 깊은 포옹, 이해와 공감으로 바라봐주는 온화한 시선을 피하려 애쓰는 만큼 그 시선에 주려 있다. 너무 드러나 있다. 어디 숨을 곳이 없다. 드러나는 건 죽는 것이다.

우리 안에서 전투가 격렬하게 일어난다. 사랑받지 못하는 존재는 숨을 곳을 찾지만, 그는 사랑의 흥분과 위험과 모험을 갈망한다.

무의식적으로 우리는 우리를 대하고, 우리에게 말을 걸고, 우리의 부모들이 했던 혹은 하지 않았던 방식으로 우리를 다루는 사람에게 빠져든다. 혹은 그 사람으로부터 버림받았다는 느낌에 휩싸인다. 우리는 우리를 치유할 수 있는 사람들에게 끌리지만, 때로는 그럴 수 없는 사람들에게 끌리기도 한다. 우리는 어떤 사람과 사랑에 빠졌다고 생각하지만, 때로는 그 사람과 아무 관련도 없는, 그저 우리가 만든 그 사람의 이미지와 사랑에 빠질 수도 있다.

우리는 우리가 만든 이미지를 사랑하기도 하고 잃기도 한다. 우리는 일어나고 넘어진다. 우리의 마음은 높이 솟구치기도 하고 수만 갈래로 찢어지기도 한다. 우리는 안전을 추구하고 불안감을 발견하고, 그 안에서 안전함을 찾는다. 우리는 자유를 찾기도 하고, 우리 자신이 설정한 감옥을 찾기도 한다. 희망을 잃기도 하고, 그러다 다시 얻기도 한다.

때때로 관계를 끊으려면 용기가 필요하다. 때때로 눌어붙어 있으려면 용기가 필요하다. 때때로 아무것도 하지 않으려면 용기가 필요하다. 때때로 당신이 얼마나 많은 고통을 겪고 있는지 인정하려면 용기가 필요하다. 때때로 당신이 얼마나 행복한지 인정하려면 용기가 필요하다.

때로는 이유를 알지 못한 채 걸음을 떼고, 모든 것이 뒤늦게야 명확해지기도 한다. 어쨌든 당신은 잘못된 것이 아니다. 사랑이 당신의 귀에 속삭일 것이다. "걸음을 떼세요. 그러지 않아도 괜찮아요,"라고.

우리는 우리 자신을 잃고, 우리 자신을 발견한다. 우리는 우리가 가질 수 있는 것보다 더 많이 준다. '사랑'이라는 이름 안에서 우리는 우리 자신을 완전히 소모한다. 어쩌면 우리는 우리가 달릴 수 있는 것 이상으로 빠르게 내달린다. '사랑'으로부터 날아올라 우리 자신을 완전히 소모한다.

"누군가 나를 보게 되겠죠. 귀를 기울여요. 나를 잡아요. 내가 깨지도록 놓아두세요⋯."

그리고 사랑의 드라마는 막이 내린다. 하지만 연극이 계속될 때 우리는 우리 자신에 대해 더 많은 것을 배우게 된다. 우리는 우리가 보지 못한 지점들을 보기 시작한다. 우리가 무의식적으로 행했던 패턴들은 인식awareness의 빛 안으로 들어온다. 우리는 추정한 것들을 알아차리게 된다. 우리의 어린 시절 판타지들이 무너지기 시작한다. 우리가 결코 느끼고 싶지 않았던, 느닷없이 느끼기 시작한 고통. 슬픔. 거부와 포기와 부끄러움에 대한 느낌들.

우리는 내달리고 싶고, 오래전부터 이어져 온 중독으로 되돌아가고 싶고, 오래전의 안락으로 되돌아가고 싶어질 것이다. 하지만 어떤 이유로든, 우리는 그러지 않는다. 우리는 호기심에 사로잡힌다. 우리는 보기 시작하고, 너무 많이 생각하는 것을 멈춘다. 우리는 우리 자신과 관계를 맺기 시작한다.

우리 자신을 정말 좋은 연인처럼 대하라. 가장 매력적이고, 가장 사랑스런 생명으로.

매일매일, 우리는 우리 자신과 더욱 깊이 만나기 시작한다. 있는 그대로의 우리 자신에 대한 발견. 우리가 느끼는 것과 느끼지 못하는 것. 우리가 원하는 것과 원치 않는 것. '예스'라고 느낄 때 '예스'라고 말하고, '노'라고 느낄 때 '노'라고 말하는 것. 사랑이 모두 나비가 아니라는 것, 모두 장미가 아니라는 것, 모두 긍정적인 느낌이 아니라는 것에 대한 배움. 사랑은 우리가 하는 일이기도 하고, 혼란이기도

하다.

　고통을 통과해 즐거움 속으로 숨을 불어넣는 것은 고통
스럽고도 용기 있는 일이다. 사랑은 우리가 더욱 진짜가 되
기를, 더욱 인간이 되기를, 더욱 의식하기를, 그리고 덜 완
벽하기를 요구한다. 더 큰 자각과 기꺼이 느끼기를. 그리고
더 많이 느끼기를. 그리고 더욱더 많이 느끼기를. 그리고
더 많이. 그리고 우리의 가슴들이 때로는 부서지게 그냥 놔
두기를. 때로는 알려고 하지 않기를. 때로는 지루해하기를.
때로는 더없는 황홀에 빠지기를. 때로는 삶으로 가득 채워
지기를. 때로는 다음 걸음이 무엇인지 모르기를. 그리고 그
런 다음 내딛기를. 혹은, 그러고도 내딛지 말기를.

　사랑은 느낌이 아니다. 상태도, 경험도 아니다. 성취해야
할 목적도, 다다라야 할 목적지도 아니다. 그것은 우리 안에
서 비쳐 나오는 특별한 빛이다. 사랑은 결코 떠나지 않는,
빛나는 앎이다. 그것은 생생히 살아 존재하는 기쁨이다.

　우리는 사랑을 함께 알 수 있다. 우리는 사랑을 홀로 알
수 있다. 우리는 서로에게서 사랑을 떠올릴 수 있다. 우리
는 또한 잊을 수도 있다. 우리는 서로에게 뭔가를 일으키는

동기가 될 수 있고, 서로가 그렇다는 것을 호기심 어린 눈으로 바라볼 수 있도록 서로를 도울 수 있다. 우리는 그 일을 할 수 있다. 혹은, 하지 않을 수도 있다.

우리는 사랑의 불길에서 만날 수 있다. 함께 걸으라. 혹은, 걷지 않아도 좋다. 우리의 가슴을 공유하라. 같은 방향으로 발길을 떼도록 하라. 혹은, 우리가 있는 그곳에 머물라. 사랑의 춤, 사랑의 자연스러움과 모험과 신비와 속도, 사랑의 친밀함에 빠져드는 법을 배우라.

우리가 알고 있는 것을 잊는 법을 배우고, 알지 못한 것을 새로운 앎으로 받아들이는 법을 배우라.

그리고 결코 소멸되지 않는다는 사랑의 속성을 더없이 즐겨라. 행복하지 않은 사람과 함께하여 더 행복해지고, 불확실함을 통해 확실함에 이르고, 불안으로부터 안정을 얻도록 하라. 행복에 대한 결핍이 더 큰 행복을 가져다준다는 사실을 알라.

지금 이곳에 대해 더 큰 호기심을 가지도록 하라. 덜 경직되고, 더 많이 농담을 던지라.

사랑을 쫓는 자가 되기보다는 사랑을 주는 자가 되고, 사랑을 발견하는 자가 되고, 야생 그대로 살아있는 지금 이 순간으로 타인들을 초대해 당신이 가진 기쁨을 똑같이 나누도록 하라.

　이것이 사랑의 모험이다. 삶의 매 순간마다 펼쳐지는.

35

가슴이 다시 열릴 때의 달콤함

The Sweetness of the Heart's Reopening

사랑하는 사람끼리 부르는 애칭을 써볼까요. '자기야'라고. 나는 알 수 있어요. 당신의 마음이 지금 이 순간 가까이에 있다는 걸요. 그걸 당신이 느끼고 있다는 걸 말이죠.

당신은 외롭다고, 연결이 끊어져 있다고, 분리되어 있다고 느낍니다. 당신은 이 세상의 일원이 아닌 것처럼 느낍니다. 지난날 당신의 즐거움들이 오늘은 너무 멀리 있다고 느끼는 거죠. 나는 당신이 알았으면 좋겠어요. 당신은 여전히 값진 존재이고, 여전히 창조의 놀라운 움직임 안에 있으며,

늘 그렇듯 여전히 매력적이고 아름답다는 걸요. 당신의 가슴이 닫혀 있고, 극심한 고통에 싸여 있더라도 그건 변하지 않아요.

당신의 관심과 주의를 지금, 여기로 가져오세요. 과거와 미래는 당신의 진짜 집이 아니에요. 나의 사랑. 당신의 몸을 호기심 어린 눈으로 바라보세요. 몸의 무게와 온기를 느껴보세요. 당신 몸의 어떤 부위는 딱딱하고, 눌린 것 같고, 무겁죠? 어딘가 무감각하고, 거북하게 느껴지는 곳이 있나요? 어떤 부위는 팽창하는 것 같고, 텅 빈 것 같고, 가볍게 느껴지고, 따끔거리지요? 뱃속은 빈 공간처럼 느껴지지 않나요? 목은 꽉 막힌 것 같고요. 두 눈 사이가 꽉 조이는 것 같진 않나요? 턱은 바짝 당겨진 것 같나요, 아니면 축 늘어진 것 같나요? 지금 이 순간 호흡은 어때요? 무슨 소리가 지금 당신 주위에서 들리나요? 가장 크게 들리는 소리는 어떤 소리죠? 가장 가까운 소리는요? 가장 먼 소리는요?

지금 이 순간, 당신의 삶이라는 영화에서 현재 상영되고 있는 장면을 호기심 어린 눈으로 지켜보실래요? 아이처럼 보이나요? 그 아이가 누구인지 판단하지 말고, 장면을 바꾸려고 하지 말고, 그냥 지켜볼 수 있겠어요? 이 순간을 있는 그대로 놓아둬 보세요. 그냥 흘러가도록 놓아둘 수 있죠? 이 순간에 저항한다면, 이 순간이 받아들여지지 않는다면, '노'라고 하고 싶다면, 거부하려 한다면, 괜찮아요. 그냥 그렇게 되도록 놓아두세요. 모든 것을 여기에다 그냥 두세요. 슬픔도, 외로움도, 탈진도, 무거움도, 좌절도, 절망까지도. 지금 이 순간 그 모든 걸 안아 줄 수 있나요? 엄마가 소중한 새 아이를 품에 안고 있는 것처럼요.

괜찮을까요.

모든 게 당신을 위한 거예요.

지금은 괜찮지 않아요?

실수도, 잘못도 없어요. 내가 사랑하는 당신, 잘못되어 가는 것은 없어요. 그런 건 마음이 만들어낸 이야기일 뿐입니다. 삶에 대해 이러쿵저러쿵 만들어놓은 이야기. 당신은 여기 있어요. 온전한 존재로. 모든 이야기를 넘어선 존재로. 어쩌면 당신은 모를 수도 있어요. 영원히 모를 수도 있죠. 때로는 가슴을 닫고 있어야 할지도 몰라요. 스스로 보호하려는 거죠. 휴식을 취하고, 활기를 되찾으려고 그럴 수도 있어요. 결국 당신은 알게 되죠. 가슴이 다시 열릴 때의 그 달콤함을. 어쩌면 그때, 당신은 상상할 수 없을 정도로 활기찬 생명력을 가지게 될지도 모르죠.

36

당신이 가진 야생의 목소리

Your Wild Voice

　진실은 언제나 드러난다.

　당신은 진실을 억누를 수도 있다. 당신은 진실을 말하는 자들을 위협할 수도, 벌할 수도, 노예로 만들 수도, 처형할 수도 있다. 당신은 진실로부터 달아날 수도, 진실을 옴짝달싹 못하게 할 수도, 침묵시킬 수도, 질식시킬 수도, 모욕할 수도, 우스꽝스럽게 만들 수도 있다. 당신은 진실을 거짓말이라고, 조작된 것이라고, 반쯤만 사실이라고 왜곡할 수도 있다.

그러나 결국, 진실은 언제나 이긴다. 진실이 곧 삶이기 때문이다.

진실을 말하는 데는 용기가 따른다. 당신은 생계를 잃을 수도 있고, 당신의 관계와 명성과 직장을, 친구와 가족을, 심지어 생명까지 잃을 위험도 있다. 진실을 말할 때, 당신은 두려움에 떨 수도 있고, 땀에 흠뻑 젖을 수도 있고, 욕지기를 느낄 수도 있고, 입이 바짝 타들어 갈 수도 있고, 도망치고 싶은 욕구를 느낄 수도 있다.

그러나 결국 당신은 진실을 억누를 수 없다. 진실은 당신보다 더 강력한 힘을 가지고 있다. 그것은 당신보다 더 오래 버티고, 당신보다 더 오래 살 것이다. 당신은 거기서 태어났고, 그곳으로 되돌아간다. 진실은 당신을 통해 말하는 것이다. 당신은 진실을 담는 그릇이다. 당신이 진실을 알고 그것을 온 우주에, 귀 기울인 사람들 모두에게 알릴 때, 당신은 의심과 죄의식과 수치심을 느낄 수도 있다. 포기하고 싶은 두려움, 입을 닥치라는 케케묵은 경고에 무릎이 덜덜 떨릴 수도 있다.

그러나 당신은 살아있음을 느낄 것이다. 당신의 길 위에서 있음을 느낄 것이고, 당신이 해야 할 일을 하고 있음을 느낄 것이다. 결과에 고개를 돌리지 않을 것이고, 매 순간, 숨을 들이쉬고 내쉴 때마다 정면을 응시할 것이다. 그리고 당신의 진실을 바라는 사람들이 당신의 주위로 모여들 것이고, 당신은 당신의 진정한 가족들을 알게 될 것이다.

지상에서 당신보다 더 큰 힘은 없다. 당신을 바꿔놓을 잠재력을 가진 존재 따위는 없다. 당신보다 더 가슴 뛰는 경험은 없다.

당신의 진실과 함께하는, 야생의 생명력을 지닌 존재는 당신 외엔 없다.

37

사랑의 깊은 헌신

Love's Deeper Commitment

지금 당장 미래를 약속하지 말아요, 우리. 미래는 전혀 알지 못하는 것, 우리는 그냥 흘러가고, 살아있고, 끊임없이 변하고, 아는 척하는 것에 신물이 나 있죠.

그냥 현재를 약속하기로 해요. 만남을 약속해요. 오늘의 불길 속에서의 만남. 서로를 알아가고, 알게 되도록 우리 자신을 놓아두는 거죠. 치유의 이 길을 걸어요. 우리를 데려가는 곳이 어디이든.

우리 자신에게, 서로에게, 진실을 말할 것 — 이것만 약속하기로 해요.

우리의 생각과 느낌들은 우리 안에서 끊임없이 변해요. 통제할 수 없어요. 마치 사랑의 거친 바다처럼. 우리의 욕망은 치솟다가 스러지죠. 우리의 꿈들은 매 순간 태어나고 또 죽어가죠. 오늘, 사랑의 모습을 약속하지 말아요, 우리. 모습들은 늘 바뀌잖아요, 밀물과 썰물처럼. 우리에겐 이제 케케묵은 안락함 같은 건 필요치 않아요. 더 깊은 약속, 헌신을 만들기로 해요. 깨질 수도, 잃을 수도 없는 것을요. 사랑 그 자체를. 현재를 살아가는 그것. 지금 여기에서의 만남. 우리 자신의 모든 것들을 불러오고 보여주는 것. 진실을 말하는 것, 말이죠. 우리의 진실이 내일 바뀔 수도 있다는 사실을 아는 것. 서로의 말에 귀를 기울이는 것.

서로의 경험에 고개를 숙이기로 해요. 설령 우리의 가슴이 깨지고, 서로에게 가장 깊은 아픔과 더할 수 없는 실망, 더할 수 없는 강요, 강력한 욕구와 갈망을 유발할 때조차 거기에 귀를 기울이고, 고개를 숙이겠다는 것—이것이 약속이고 헌신이라는 것.

우리 자신의 고통과 만나는 것에 헌신하기로 해요, 우리.

서로를 사랑한다는 건 용기를 주는 거잖아요! 그래요! 사랑은 드넓은 평원이지요. 어떤 형태가 아니죠. 우리, 그런 평원에 헌신하기로 해요. 이 지상의 값진 나날들, 그 매 순간들에 사랑의 평원이 존재함을 기억해요. 그 평원에, 영원한 지금Now에 우리 자신을 바치기로 해요.

십 년이 지났을 때, 우린 여전히 함께할 수도 있겠죠. 아이들이 있을지도 모르죠. 함께 살 수도 있고, 떨어져 지낼 수도 있겠죠. 서로를 다시는 보지 않을 수도 있겠죠. 오늘이 우리의 마지막 날일 수도 있겠죠. 우리가 만약 정직하다면, 우리는 정말로 모를 수도 있어요. 모른다는 것이 우리의 집Home이니까요. 우리가 눈을 뜨고 있을 때, 우리가 깨어 있을 때, 우리는 삶과 가장 가까이에 있고, 죽음과 가장 가까이에 있고, 불안정과 가장 가까이에 있고, 상실과 가장 가까이에 있어요. 그러나 이곳은 만물의 가장자리 ─ 진실로 위대한 살아있음을 발견하는 곳입니다. 모든 것이 늘 새로운 곳. 우리 자신에 의해, 그리고 서로에 의해, 끊임없이 경이로움에 휩싸이는 그곳입니다.

우리는 친구가 될 수도 있고, 연인이 될 수도 있고, 낯선 사이가 될 수도 있고, 가족이 될 수도 있습니다. 혹은 불확실한 상태로 남아 있을 수도 있죠. 설명할 수 없는 어떤 상태. 언어에 담아놓을 수 없는 어떤 상태. 이곳은 앎의 가장자리 ― 분별과 광기가, 의심과 명확함이 나뉘는 선 ― 거기서 우리는 춤추고, 차를 마시고, 서로를 만지고, 울고, 웃고, 만납니다. 이곳에서 우리는 안락과 가능한 예측들을 희생시킵니다. 그러나 우리는 놀라움을 얻지요. 살아있다는 이 가슴 떨리는 감각. 더 이상 사랑의 신비에, 육체의 신비에 옴짝달싹 못하는 일은 없습니다.

아마 야생적인 것이 더 많아지고, 불안하게 흔들리는 것도 더 많아지겠지요. 어쩌면 더 많이 방향을 잃을지도 모릅니다. 그러나 이것은 완전한 자유의 존재가 되는 대가이지요. 우리 내면의 길들여진 아이들은 엄마와 아빠를 찾고, 그 마법의 존재가 우리에게 모든 답을 줄 것이라고, 우리 안에 켜켜이 쌓인 끔찍한 외로움을 걷어갈 것이라고 믿을 겁니다. 그렇게 겁에 질린 아이들―그런 부분들―역시 사랑하고 고개를 숙이기로 해요. 하지만 우린 더 이상 그들에 의해 조종당하지는 않을 겁니다.

그리고 그들은 물을 겁니다. 당신의 미래는 어때? 당신이 헌신을 두려워하는 이유가 뭐지? 당신은 왜 안락함으로부터 도망을 쳐? 편안함, 미래, 관습, 앎으로부터 도망치는 이유가 뭐지? 그들은 당신이 미쳤다고 말하겠죠. 혹은 당신이 사랑을 이해하지 못한다고, 당신은 길을 잃었다고, 당신은 사랑도 모르는 이기적 존재라고 말하겠죠. 그러면 당신은 미소지을 겁니다. 그들의 두려움을 이해하니까요. 그들의 두려움은 한때는 당신의 두려움이기도 했으니까요. 당신은 이제 당신의 길을 포기할 수 없습니다. 그리고 아무도 당신과 함께 걸을 필요가 없습니다. 영원히 그럴지도 모르죠.

어느 시점에서는 진실Truth만이 만족할 것입니다. 매 순간 스스로를 새롭게 하는, 살아있는 진실. 심장에서 고동치는 야생의 진실.

사랑과 진실이 하나가 될 때, 헌신이 호흡 속 깊은 곳에 뿌리내릴 때, 우리는 마침내 분노가 사라진 얼굴로 서로를 마주 보고, 가장 고독한 일몰 속으로 폭발하듯 스며들고, 가장 진한 즐거움에 닿을 수 있을 것입니다.

우리 함께, 홀로 걸어요. 홀로, 함께 걸어가요.

38

외로움에는 외로움의 치유가
함께 담겨 있다

Loneliness Contains its Own Cure

당신이 현재에 투항할수록, 끝없이 반복되는 복잡한 조건에서 더 많은 여유를 갖게 될 것이다. 현재란 당신의 타고난 권리와 당신의 진정한 집인 실존적 자유existential freedom이기 때문이다. 당신이 자신으로부터 도망치기 위해 습관적으로 사용하는 역할과 행동은 더 많이 없어질 것이고, 야생의 갈망들과 더 많이 마주할 것이다.

당신은 항상 안정을 쫓아왔다. 태생적으로 불안정한 이 우주에서.

당신이 등장하는 만들어진 이야기와 당신을 동일시하는 태도를 줄이면 줄일수록, 토대를 잃고 집을 잃은 듯한 느낌이 시작될지 모른다. 그러나 이것이 나쁜 것은 아니다. 토대를 잃는다는 것이 길이고, 진실이고, 삶이다. 그것은 순정한 자유가 자신의 존재를 친밀하게 알려오는 것이다. 붓다가 알려주었듯, 어디에서도 찾을 수 없는 것이 바로 토대고 근거다. 붙들고 의지할 곳이란 없다. 집은 없다. 쫓는 자에게 휴식은 없다. 지금 이곳을 제외하고는. 내쉬고 들이쉬는 호흡 외에는. 진정으로 받아들이는 이 평원을 제외하고는 없다. 마음은 당신을 위한 토대가 아니다.

자유에 대한 경험 안에서는 태어나면서부터 가진 깊고 짙은 외로움과 상실감이 존재한다. 그것은 순정한 명상의 외로움, 견고한 세계의 상실이다. 그것은 끝없이 이어지는 밤을 돌고 도는 저 먼 행성들의 외로움이다. 그것은 순정한 창조의 정점에 선 영원한 외로움이다. 그것은 앎의 세계를 떠나, 스쳐 지나가는 소중한 순간들과 마주하는 외로움이다. 그것은 모든 존재의 한가운데에 존재하는 외로움, "나는 살아있고, 나는 죽어가고, 나는 홀로 이 신비를 풀어낼 수 없으며, 누구도 나를 위해 해결해 줄 수 없고, 누구도 나를 위해 대신 숨을 쉬어 줄 수 없고, 사랑해 줄 수 없고, 날 위해 대신 죽어 줄 수 없다…"는 것을 자각하는 외로움이다.

이것은 나쁘지 않은, 잘못된 것이 아닌, 위험하지도 않은, 죄악이거나 부끄러운 것이 아닌, 신성한 외로움, 성스러운 감성이다. 이것은 당신이 부러졌다거나 병에 걸렸다거나 어떤 식으로든 불완전하다는 것을 상징하는 것도 아니다. 실제로 이것은 영양을 공급하고, 위로하고, 휴식을 주는, 생명의 에너지를 제공하고, 오해의 문이 평화와 자신에 대한 사랑과 만족과 즐거움을 향해 열리는 통로다. 이것은 얼마나 많은 사람이 당신을 둘러싸고 있느냐는 것과는 아무 상관이 없는 것이다. 이것은 당신이 얼마나 '유명'하든, 얼마나 많은 '추종자'들을 데리고 있든, 존재함Being 자체에 내장된 외로움이다. 이것은 당신을 매 순간순간 집으로 호출한다.

이곳으로 돌아오라back here. 몸으로. 지구로. 묶이지 않는 그대로인 오늘로. 만물의 경이로움으로. 봄날의 가슴 저미도록 푸르고 푸른 풀밭으로. 믿을 수 없이 푸르고 푸른 여름날의 하늘로. 마음을 끊어낸 창조의 진실로. 당신이 말로 옮겨놓을 수 없는 아름다움, 오직 지금 이 순간만 존재하는 아름다움, 당신이 거머쥘 수 없는 아름다움으로.

마음을 떠나 현재로! 삶과 함께하는 이 친밀함으로. 이것은 당신과 분리되거나 당신을 고립시키지 않는, 만물과 당신을 깊이 있게, 진정으로 연결하는, 외로움이다. 이것은 건강한 외로움이다. 이것은 자신과 가까이에 머물도록, 집중하지 못하게 만드는 습관에 빠지지 않도록, 용기를 주고 힘을 준다.

이것은 진짜 명상true meditation의 길을 가는 모든 사람이 결국은 마주해야만 하는 외로움이다.

외로움으로부터 '도망'치는 데에 도움을 주도록 설계된 당신의 온갖 중독증을 끊어낼 때, 당신은 이 외로움과 친밀해지고, 외로움을 보살피고, 외로움과 더 가까워지고, 외로움 안으로 사랑의 숨을 불어넣고, 외로움과 대화하고, 외로움을 당신 안으로 초대하고, 외로움에 대해 그림을 그리고, 외로움을 노래하고, 외로움을 춤추게 될 것이다.

그때 당신은 모든 인간의 가슴에 존재하는 외로움을 이해하게 될 것이고, 모든 이의 존재의 중심에 놓인 신과 휴식과 사랑과 안정감에 대한 풀리지 않는 갈망을 이해하게 될 것이다. 그때 당신의 가슴은 연민으로 열릴 것이고, 당신은 더 이상 외롭지 않을 것이다. 당신은 분리와 분열의 스토리, "나는 포기한 존재야I Have Been Abandoned"라는 제목의 블록버스터 영화로부터 빠져나와 오묘하도록 부드럽고 친근한 외로움, 순정한 자유라는 존재의 외로움과 깊고 진하게 연결될 것이다.

당신은 내면의 '외로운 존재'와 만나고, 그것을 사랑하고, 더는 외롭지 않을 것이다.

당신은 창조의 정점에서 삶에 닿을 것이다.

외로움은 그 자체로 치유를 포함하고 있다. 그 물속으로 뛰어들라.

39

빈센트 반 고흐에게 보내는 편지

Letter to Vincent Van Gogh

당신과 만날 수 있었다면 좋았을 텐데요, 빈센트. 형태 없는 것이 형태가 되어 가는 경계에서 당신과 함께 서 있을 텐데 말이죠. 우리가 삶으로 들어가고, 이미 차례로 들어갔던, 보호자도 없고 대답도 없는 그 아찔한 벼랑 끝 말입니다. 모든 예술가들이 알고 있는 평원, 두려워하고, 매력에 사로잡히고, 달아나다 결국은 되돌아가는 그곳. 그들에겐 그곳으로 가는 수밖에 달리 선택이 없죠. 자아와 세계와 다른 모든 것들이 와해되어 버리는 평원, 타는 듯한 샛노란

해바라기들만이 있는, 끝도 없이 춤추는 밀밭, 일렁이는 하늘, 별들이 폭발하고 바다가 미친 듯 출렁이는, 푸르고 흰, 초록빛 그늘로 뒤덮인, 본다는 것 그 자체 안에 들어 있는 것을 제외하고는 어디에도 집이라 부를 만한 게 없는 그곳. 눈물의 가장자리에, 별들의 가장자리에 놓인 세상은 무엇이든 하려는 것을 멈춘 자만이 이해할 수 있지요.

본다는 것. 아, 본다는 것! 광기와 머리카락 하나만큼의 차이, 황홀경과 머리카락 한 올만큼의 간격! 빈센트, 당신이 거기에 있었으면 좋았을 텐데요. 당신이 안전하다는 것을 떠올릴 수 있었다면. 당신의 외로움이 신성했고, 당신의 절망이 부끄러운 것이 아니었음을, 당신의 가장 어두운 비밀과 억압과 판타지가 실수가 아니었음을, 당신의 실패도 당신이 병들었다는 증거도 아니었음을, 당신이 이 세상에 아무런 의미 없는 존재가 아니었음을 알았더라면.

그럴 리가 없죠. 당신의 인간적 결함은 당신의 예술에 비한다면, 당신이 미래라고 불렀던 그 예술에 비한다면 정말 아무것도 아니었지요. 당신의 그림들 안에서는 가난한 소작농들이 왕이었고, 가장 평범한 순간들이 가장 광대했지요. '미래의 예술'이란 것에 무엇이 있었던가요. 신성을 드러내기 위해 펼쳐놓은 빌어먹을 불완전한 인간성 외에.

당신이 살아 숨 쉬다가 사라져버린 그 밀밭의 신성함, 그것은 그려지고, 다시 그려지고, 영원히 그려집니다. 당신이 느꼈던 그 느낌들이 해바라기들 안에 살아있습니다. 당신의 기쁨, 당신의 고통이 별들 반짝이는 밤하늘만큼이나 크고 생생하게 살아있습니다. 모든 색, 모든 빛, 모든 꿈틀거리는 움직임, 몸을 뚫고 솟아오르는 모든 낯선 감각들이, 당신이 결코 닿을 수 없었던 모든 트라우마가 진정 아름다웠습니다, 빈센트.

그리고 참으로 편안하였습니다, 빈센트. 당신으로 인해 저도 그러합니다. 이 깨달음의 낯선 길을 가고 있는 다른 많은 사람도 그러합니다. 당신에게는 당신이 만나지 못했던 가족이 있습니다. 우리가 만났었기를, 나는 바랍니다.

어느 여름밤, 오베르Auvers*의 밀밭에서 당신은 모든 희망

---

* 프랑스 파리 근교에 있는 곳으로, 빈센트 반 고흐의 기념관(고흐 하우스)이 있다.

을 잃었지요. 어쩌면 희망이 얼마나 광대하고 닿을 수 없는 것인지 직감했을지도 모르죠. 그것이 당신의 영혼을 부러뜨리고, 그 이틀 뒤 조그마한 다락방에서 당신의 가슴을 권총으로 쏘게 만들고, 당신의 심장을 멈추게 하고, 영면에 들게 할 것이란 사실을 말이죠. 어쩌면 그 영면이 당신을 되돌아가게 했을지도 모릅니다. 당신이 사랑했던, 이제는 당신과 떼어놓을 수 없는 그 밀밭으로, 어머니에게로, 집Home으로. 그리고 당신은 발견했지요. 당신의 짧은 삶에서는 완전히 알지 못했던, 가장 깊은 휴식을.

그 자그마한 공간에 해바라기와 노랑 달리아, 당신의 마지막 그림을 든 사람들이 당신을 둘러쌌습니다. 그들은 흐느끼며 기억했습니다. 교회의 그림자는 어디에도 보이지 않았습니다.

당신은 그때 서른일곱 살이었지요.

아, 나는 당신이 광인이었다고 생각하지 않습니다. 나는 당신이 이 세상을 생명력 넘치는 존재로 살았다고 생각합니다. 당신은 건초더미들과 감자 먹는 사람들, 창녀들과 나무뿌리들에 감동해 눈물을 흘렸지요. 당신이 너무 깊게 보고, 너무 예민하게 느꼈으며, 이곳에서 집을 발견하지 못했음을 나는 압니다. 당신은 천국과 지상이라는 쌍둥이가 서로 끌어당기는 통에 끊임없이 찢기기만 했으니까요.

그리고 나는 생각합니다. 그 누구도 당신에게 가르쳐주지 않았다고요. 건초더미들 위로 모습을 뒤바꾸며 쉼 없이 비쳐 들던 햇볕을 당신이 보듬어 쓸어안는 법을.

아, 당신이 그걸 알았으면 얼마나 좋았을까요, 빈센트, 나의 친구. 그것이 처음이자 마지막인, 단 하나뿐인 전부니까요.

당신의 용기에 감사드립니다. 우리가 볼 수 있도록 도와준 당신에게 감사드립니다.

해바라기들, 붓꽃들, 일렁이는 밀밭들, 아몬드 나무들, 별들 반짝이는 밤하늘을 보여주어서.

40

혼돈 속의 고요

The Stillness in the Chaos

당신의 다리가 아픔을 호소한다. 당신은 온종일 걸어 다녔다. 당신은 승차권 자동발매기 앞에서 길게 늘어선 줄에 한참이나 서 있었다. 당신이 타야 할 기차가 연착된다는 안내방송이 막 들려왔다. 당신은 불만이 치솟는 느낌을 받는다. 조급증, 짜증, 체념과 절망이 차례로 찾아든다.

지금 이 순간에, 현재의 상황에 저항한다.

갑자기, 당신은 기억한다. 당신이 호흡하고 있음을. 그리고 지금이라는 시간을. 당신이 할 일은 존재하는 전부인 지금Now과 정면으로 마주하는 것이다. 당신은 거기에 대해 생각하는 것보다 지친 발을 느낀다. 당신은 그 두 발에 관심과 주의를 좀 더 기울인다. 그것이 사랑이다. 당신은 당신의 가슴에, 배에 치미는 불만을 느낀다. 이 순수한 감각들을 제거하려 애쓰지 않고.

당신은 당신의 체중을 느낀다. 이것이 중력 안에서 여유롭게 휴식을 취하는 방식이다. 신성한 지구가 당신을 지지하고 받쳐주는 중력.

당신은 천천히 숨을 들이쉴 때 당신의 배가 천천히 팽창하는 것을 느낀다. 숨을 내쉴 때 슬그머니 가라앉는 것을 느낀다. 그리고 당신을 둘러싼 모든 소리가 이제 어떤 악의도 품고 있지 않다는 것을 느낀다. 당신은 매끄러운 증폭기다. 당신의 머릿속을 휘도는 생각들, 그것들은 자그마한 새들이다. 자기네들의 노래를 지저귀는, 파닥파닥 날개를 치며 날아가는.

모든 것이 제대로 돌아간다. 모든 것이 평화롭다. 모든 것이 현재에, 문제없이 존재한다.

문제가 있어도 상관없다. 그것조차 괜찮다.

———

삶이란 이런 것, 지금 이 순간의 삶은, 모두 괜찮다.

당신은 새삼 고맙다는 사실을 발견한다. 당신은 살아있다. 당신에게 주어진 하루 안에서. 살아있는 하루. 호흡하는 하루. 인간적 경험을 음미하고, 기쁨과 슬픔을 음미하고, 기차역을 음미하고, 승차권 자동발매기를 음미하는 하루. 그 모든 것에 축복과 권태가 교차하고, 불만과 밀려드는 인파와 휘도는 생각들의 하루. 바보가 된 기분과 부딪침과 끌어당김과 혼돈의 하루.

당신은 이미 내려놓았다. 당신은 집으로 가는 열차에서 당신 자신을 발견한다. 헤아릴 수 없이 오래 묵은 시간표, 그 안의 당신을.

41

깨진 가슴의 행로

The Path of the Broken Heart

"당신에게 일어나는 진동을 제거하라. 그러면 당신은 나쁜 것들이 당신 자신에게로 끌려들어가는 것을 막게 될 것이다."

"당신이 두려움을 가지고 있다면, 당신이 저항하고 있다면, 당신이 분노와 의심과 수치심을 갖고 있다면, 그때 당신은 당신의 편견으로 가득 찬 에고ego 안에 있다는 것이다."

"당신이 만약 누군가의 말이나 행동에 문제가 있다고 생각한다면, 언제나 혼란에 빠지는 건 당신이다."

"모든 것은 당신이 투영된 것일 뿐이다. 모든 것은 당신의 마음 안에 있다. 모든 것은 실재가 아니다."

"당신이 당신의 고통을 끌어들였다. 당신이 그걸 욕망했고, 값지게 생각했기 때문이다."

"당신은 육체에 너무나 매어 있다. 육체를 넘어서라. 그건 당신이 아니다."

"과거는 환각이다. 당장 떠나보내라!"

이 말들에 넘어가지 말라. 아니다, 그것이 늘 당신의 투영은 아니다. 때로 당신은 너무나도 명확하게 보고 있다.

절대 아니다, 모든 것이 언제나 "당신의 마음 안에만" 있지 않다. 때로 당신은 당신의 몸을, 당신의 직관을 믿을 필요가 있다.

저 말들에 속지 말라. 결코 아니다, 당신이 가진 의심과 두려움은 영적으로 진화되지 못했음을 상징하는 것이 결코 아니다.

당신이 당신을 학대하는 것은 당신의 잘못된 '진동 주파

수' 때문이 아니다. 주파수 따위는 없다.

그렇다. 당신은 어떤 식으로든, 진리의 이름으로, 신의 이름으로, 사랑의 이름으로, 그 어떤 이름으로도 유린당해서는 안 된다. 당신이라는 영역은 존중받아야 할 가치가 있다. 당신의 '예스'와 당신의 '노'는 똑같이 존중되어야 한다.

보라. 영적 스승들은 사람들에게 수치심을 불어넣으며 "당신들 자신의 선善"이라는 용어를 사용한다. 그것을 통해 사람들을 깨닫게 하고, 깨우치게 하고, '에고'를 떼어내도록 도와준다고 하지만, 수치심의 가치를 모르기 때문이다. 수치심을 버리면 수치심의 가치도 잃는 것이다. 수치심을 통해 수치심을 극복해내는 기회를 잃는 것이다.

나는 우리의 부드럽고, 연약하며, 부서지기 쉬운 인간성을 묵살하는 영성은 지지하지 않는다. 우리의 값진 인간적 생각들과 느낌들을 수치로 여기는 영성, 자아와 무자아無自我, 인간과 신성, 성스러움과 불경함, 상대성과 절대성, 천상과 지상, 이원성과 비이원성duality from nonduality을 구분하는 영성을 지지하지 않는다.

언젠가 나는 인기 있는 영적 스승이 막 남편과 자식을 잃은 여성에게 얘기하는 걸 본 적이 있다. 그는 "당신의 상심은 모두 실재하는 게 아닙니다. 단지 분리된 자아의 행위일 뿐입니다. 당신이란 존재는 순정한 인식Awareness일 뿐, 그 어떤 것도 아닙니다. 당신의 아들과 남편의 죽음은 한낱 마음이 만들어낸 환각에 불과합니다. 또렷하지만 환각입니다. 어느 날 분리된 자아는 사라질 것입니다. 모든 고통과 함께." 하고 말했다.

그 순간, 나는 우리 시대의 영성이 가진 깊은 병을, 비인간성을 보았다. 트라우마에 대한 소홀한 대처, 거짓 약속들, 권력 게임, 신성한 여성성에 대한 억압들을 목격했다.

그리고 나는 맹세했다. 상처 입은 가슴, 깨진 가슴에 고개를 숙이겠다고. 그것이 곧 신, 그녀 자신Herself인 것처럼.

언제나, 언제까지나.

42

불타는 세상에 야생의 기도를

A Wild Devotion to a Burning World

우리는 사랑을 담아내는 그릇입니다. 형태가 있는 것도, 형태가 없는 것도 담아내지요. 우리의 거대한 뱃속에서 스스로 태어난 은하들! 우리는 사자들의 포효로 채워져 있기도 하고, 이루지 못한 오랜 선조들의 갈망, 어머니들, 아들들, 살아가는 사람들, 죽은 사람들, 아직 태어나지 않은 세상의 온갖 울음들로 채워져 있지요.

우리의 몸은 지금이라는 시간에 밀접하게 얽혀 있습니다. 단단하고, 축축하고, 땅과 일체가 되고, 땅에 의해 관통된, 탄소와 수소와 산소로 이루어진, 그 자체로 무너지는 현재라는 순간, 무한한 시간이 되어 가는 공간, 피로 얼룩진 팔다리로 사투를 벌이고, 날고 찢기고 뜯기고 물보라를 일으키고 토해 내고 파열되는 기이한 짐승들이 살아가는, 스스로를 게걸스럽게 먹어치우는 본성이 존재하는, 삶과 같은 죽음이 펼쳐지는—지금, 말이죠.

나는 당신이고, 당신은 나입니다. 영원히 그러합니다.

우리는 천둥의 심장을 가진 존재, 우리의 사지에선 빛줄기가 쏟아져 나옵니다. 우리는 쉬운 답들에 안주하지 않을 겁니다. 우리는 고동치는 삶, 쿵쿵 뛰어오르고 격렬하게 흔들리는 삶, 천둥과 빛의 삶 가까이에 머물 것입니다. 우리는 경험이라는 제단에서 매일매일 우리 자신을 부러뜨릴 겁니다. 사랑을 위해 산산조각이 나고, 깨지고 뚫리고 다시 부서질 겁니다. 가차 없이, 쉼 없이. 탈진할 때까지 이 에로틱한 결합을 멈추지 않을 것입니다. 다시 열리는, 언제나 열리는, 절정의 순간까지. 멈추지 않고 들어가고 통과하고 흘러가고 흘러들 것입니다. 놀라운 힘으로, 놀라운 즐거움과 고통과 행복과 외로움으로. 결합과 분리의, 사랑과 갈망의, 태양과 그림자의 황홀한 춤에 빠져들 겁니다.

우리의 똑똑한 철학자들에 앞서, 온갖 기계들보다 먼저, 지구라는 행성에 앞서, 우리를 이곳here과 만나도록 놓아두십시오. 우리가 존재하는, 우리가 존재할 수밖에 없는, 순정한 혼돈인 이곳과.

누군가는 우리를 수치스러워할 수도 있겠죠. 그래요, 그럴 수도 있겠죠. 우리를 미개인이라 부르며 손가락질하고, 가두려 할지도 모릅니다. 그러나 누구도 우리의 야생성 wildness을 빼앗을 수도, 저 불길처럼 타오르는 세상을 향한 우리의 기도를 막을 수도 없습니다.

43

두려움과 만나는 법

How to Meet Fear

나는 두려움에 시달리고 있던 한 청년과 이야기를 나눈 적이 있다. 그는 자신의 삶에 갇혀 있고, 창의성은 꽉 막히고, 내면의 악마들에게 억눌려 있다고 느꼈다. 그는 책을 쓰려는 꿈을 가졌고, 글을 통해 자신이 생각하는 진실을 나누고 자신의 예술을 세상과 공유하고 싶어 했다. 하지만 매번 자신의 가슴이 지시하는 숭고한 길로 다음 걸음을 뗄 생각을 할 때마다 그의 온몸은 경직되어 갔다. 그리고 그의 정신은 두려움과 부끄러움으로 미칠 지경이 되었다. 그의 머릿속에 들어 있는 너무나 많은 이미지와 목소리는 그에게 포기하라는 경고를 보내고, 무엇이 잘못될지를 상상하게 했다. 게다가 사람들이 그의 예술에 대해 어떤 부정적 반응을 보일 것인지에 대한 생각들로 가득할 뿐이었다. 그는 거부당하고 비판당하고 조롱당하는 그런 것들을 견뎌낼 수 없을 거라는 생각이 들었다. 그는 자신이 사랑한 것을 행하는 데 대해 생각하는 것에조차 짓눌려 있었다. 결국 그는 삶으로부터, 자신의 소명으로부터 몸을 숨겼다. 때로는 외출조차 할 수 없었고, 몸은 경직되고, 슬픔이 그를 휩쌌다.

나는 그에게 그의 가장 깊은 곳에 놓인 두려움 안으로 나와 함께 한 걸음 더 나아갈 수 있는지를 물었다.

그는 "예스"라고, 기꺼이 그러겠다고, 대답했다.

나는 그에게 그의 머릿속에 들어 있는 모든 이미지와 목소리들을 인식하도록 주문하고, 그 모든 생각이 활발하게 일어날 수 있는 공간으로 그를 초대했다. 그는 목소리들을 제거하거나 침묵시킬 필요도 없었다. 다만 어린 시절부터 이어져 온 오래된, 창피스럽고 두려움에 찌든 목소리들을 그대로 지켜보기만 하면 되었다. 그 목소리들은 사실 그를

'보호'하려 애썼고, 그를 안전하게 지켜주려 애쓰는 것일 뿐이었다. (궁극적으로 그것들은 '그의' 생각도 목소리도 아니었다. 그것들은 그의 부모, 부모의 부모가 들은 목소리였다. 그것들은 그의 목소리가 아니라 선조의 목소리였다.) 그리고 그는 달라졌다. 그는 성인으로서, 지금Now, 나와 함께 안전한 현재Presence에서 이 목소리들을 들을 수 있었고, 이 겁에 질린 이미지들을 볼 수 있었다. 그리고 그것들을 진실Truth이라고 받아들일 수 없었다. 그것은 그저 마음이 창작해낸 전시물일 뿐이었다.

그가 말했다. "고마워, 마음아, 네가 보여준 것들, 이미지로 만들어진 너의 미래들, 너의 두려움들. 하지만 이제 난 더 이상 너의 노예가 아니야." 비로소 그는 그렇게 말할 수 있었다.

나는 그에게 지금의 그의 관심과 주의를 그의 몸으로 돌리라고 요청했다. 어떤 감각들을 만나고 싶었나요? 이 '두려움'은 어디에 살았습니까? 그는 자신의 복부와 가슴에 굉장한 무거움이 있다고, 수축과 압박감이 자신이 기억하는 한 가장 긴 시간 동안 느껴진다고 말했다. 나는 그에게 그런 감각들과 함께 현재에 충분히 머물러 있도록 주문했다. 그 감각들에 그는 '두려움'이라는 이름을 붙였고, 그는 그것들을 고치려 하거나 치유하거나 멀리 떠나보내려는 어떤 시도도 하지 않았다. 나는 그에게 그것들을 위해 공간을 내어주고, 그들이 살아있도록 허락하라고 주문했다. 그리고 그들 속에서 호흡하기를, 그들에게 산소를 공급해주기를, 그들을 사랑 가득한 관심으로 축복하기를 요청했다.

그가 그들에게 사랑이 가득한 관심을 주면서 내게 말했다. 감각들이 격렬해져 움직이기 시작했다고. 에너지가 그의 몸 안에서 솟아오르고 있다고.

"에너지가 밀려오고 있어요. 목 안으로, 머릿속으로….."

"좋아요. 그냥 따라가세요. 에너지가 움직이도록 내버려두세요. 괜찮아요….."

"지금 모든 것이 나를 덮치고 있어요… 어… 내 몸에 완전히 퍼져버렸어요. 두려움이, 마치 바이러스처럼 퍼져….."

"좋아요, 괜찮아요! 괜찮아요. 그걸 그냥 두세요. 그 모든 것 안에서 호흡하세요. 그건 그저 움직이길 원할 뿐입니다. 만나기를 원하는 것일 뿐입니다. 신뢰를 잃지 마세요….."

"안 돼! 더 이상 두고 볼 수가 없어요! 이 두려움이… 나를 죽일 거예요. 나를….”

"존, 여전히 살아있죠? 지금 말이에요. 지금 이 순간에.”

나는 그가 마음으로부터, 생각이 만들어낸 겁에 잔뜩 질린 미래로부터 빠져나왔다는 걸 알 수 있었다. 그리고 그의 몸속 안전한 곳으로, 우리가 공유했던 지금이라는 안전지대로 돌아갔다는 것을 알 수 있었다.

"있어요. 전 여기, 이곳에, 있어요.”

"그것이 당신을 아직 죽인 게 아니죠? 지금, 지금 이 순간에, 당신은 살아있죠?”

"네, 그래요.”

"그래요… 지금… 현재… 지금 이 순간… 당신은 나와 함께 여기에 여전히 있습니다… 당신은 여전히 살아있어요….”

그가 자신의 두려움에 대해 또다시 생각하기 시작했다.

"그게 싫어요. 싫다고요! 다시 또… .”

"좋아요! 그래요! 당신은 지금 여기에 여전히 있어요. 나도 당신과 함께 여기에 있어요. 우린 여기에 있어요. 그저 놓아두세요… 허락하세요….”

그 순간 갑자기, 두려움에 맞서던 그의 모든 저항이 떨어져 나갔다. 그는 미래에 대해 생각을 멈추었고, 그의 몸 깊은 곳, 신뢰Trust 속으로 빠져들어 갔다. 두려움은 여전히 현재에 있었고, 그의 안에 살아있었다. 하지만 이제 그는 두려움보다 더 커져 있었다. 그는 두려움 안에 있지 않았다. 두려움은 그의 안에 있었다. 그는 두려움을 장악했다—두려움은 더 이상 그를 장악할 수 없었다.

그는 두려움을 위해 마련된 공간이었다.

“봐요. 당신은 이 모든 두려움을 허용했어요. 그렇지만 당신은 여전히 살아 숨 쉬고 있어요! 이것이 당신의 힘, 두려움과 함께 존재하고, 두려움을 장악하고, 두려움을 위한 공간을 마련해주는 당신의 능력입니다.”

“신기하네요. 난 여전히 여기에 있어요. 두려움이 나를 죽이지 못했어요. 난 내가 죽을 거라고 생각했어요.”

“지금은 어떤 느낌이 들어요, 존?”

“불안하고… 따뜻하고… 얼얼하고… 살아있는…”

그는 견딜 수 없는 것과 정면으로 마주하는 용기를 자신 안에서 발견했다. 그리고 그는 그것을 견뎌낼 수 있었다. 아름답게, 별달리 애를 쓰지 않고도.

"그래요. 이제 당신은 알게 됐어요. 두려움과 만나는 법을요. 두려움을 정면으로 응시하는 법. 두려움과 함께 현재에 존재하는 법. 두려움을 신뢰하는 법. 두려움을 당신 안으로 이동시키는 법. 두려움은 안전해요. 당신의 몸은 무엇을 해야 하는지를 압니다. 두려움은 당신을 해칠 수 없어요, 존. 두려움은 당신을 긴장시키고, 불편하게 하고, 겁을 주죠. 당연한 일입니다. 그러나 두려움은 진짜 당신을 해치지 못해요. 해칠 수가 없어요."

"그래요, 맞아요. 난 이제 내 몸 전체를 느낄 수 있어요. 따뜻하고, 흔들리고, 삶으로 떨리는. 전에는 이런 식의 느낌을 받은 적이 없어요…."

나는 한 달쯤 지난 뒤 존으로부터 이메일을 받았다. 그는 자신의 책을 집필하기 시작했다고 전했다. 블로그도 시작했고, 자신이 쓴 몇 가지 글을 다른 사람들과 공유하기 시작했다는 것도 알려왔다. 반가운 일이었다.

때때로 오래 묵은 두려움들이 머릿속에 목소리로 울리거

나 몸에 불편한 감각들로 떠올라오긴 했지만, 이제 그는 그런 것들이 나타날 때 자신의 일부로 받아들여 달아나지 않고 기꺼이 현재에 함께할 수 있게 된 것이다. 그리고 그는 두려움을 통해 글쓰기를 계속해나갈 수 있었다. 두려움은 그를 막아설 필요가 없었고, 그의 소명으로 달아나게 할 필요도 없었다. 그의 부름으로 그를 붙잡을 필요도 없었다. 두려움은 그의 용감한 여정에 더 이상 적이 아니라 하나의 동맹이 되어줄 수 있었다. 두려움이 찾아들 때 그는 그것을 기꺼이 맞아들일 수 있었다. 그의 내면에 있던 두려움에 가득 찬 어린 소년은 잘못도, 병도, 고쳐야 할 골칫거리도 아니었다. 그는 사랑받고, 포옹받고, 축복받아야 할 존재였다. 두려움이란 이름을 가진 소년의 방문은 이제 두려운 일이 아니라 축하할 일이었다.

존은 자신의 가장 깊은 두려움과 만나기 위해 몸을 돌렸고, 자신을 파괴할 거라고 상상한 어둠의 존재에 맞섰다. 대신에 그것은 그에게 새로운 생명과 새로운 창조의 힘을 가져왔다.

44

연인

The Beloved

고백할 것이 있습니다. 사실, 나는 살인자입니다.

잠깐만요. 기다려주세요. 너무 놀라지 마세요. 난 그저 당신에게 뭔가를, 당신의 부모들이 태어나기도 전에 당신이 이미 알고 있었던 뭔가를 말하고 있는 겁니다.

나는 살인자입니다. 나는 성자입니다. 나는 창녀입니다. 나는 도둑입니다. 나는 당신이 일을 마치고 집으로 돌아가며 매일 밤 지나쳤던 주유소 곁 쓰레기통을 뒤지던 노숙자입니다. 나는 공공기물을 괜히 부수고 다니던 못된 놈입니다. 나는 예술가입니다. 나는 야생의 연인입니다. 나는 세상의 모든 바다입니다. 나는 창조이고 파괴입니다. 나는 은하이며 그 은하의 별들입니다.

나는 기린입니다. 나는 미키 마우스입니다. 나는 텔레비전에 빠진 퀭한 눈을 가진 아이입니다. 나는 당신이 가슴을 아파하기 시작하면서 오랫동안 피해온, 당신의 눈을 응시하고 있던 그 아이입니다. 나는 당신을 움직이는 모든 것, 당신이 돌처럼 차갑게 떠난 모든 것입니다. 나는 오디션 프로그램에 출연해 인기를 얻은 아이돌입니다. 나는 모차르트의 마술피리입니다. 나는 우주만큼 드넓습니다. 나는 가장 작은 원자의 입자보다 더 작습니다. 나는 침묵하지만, 나는 7천 번의 대종말이 찾아든 것만큼이나 시끄럽습니다.

나는 모든 형태를 가지고 있지만, 단 하나의 특정한 형태를 고집하지 않습니다. 나는 "나는 형태로 존재한다."라고 말하지 않습니다. 나는 "나는 형태 없이 존재한다."라고도 말하지 않습니다.

나는 "나는 존재한다."라고 말하지 않습니다. 나는 "나는 존재하지 않는다."라고도 말하지 않습니다.

나는 나 자신을 신, 의식, 인식, 현재, 영혼… 심지어 삶이라고 부르지도 않습니다. 나는 어떤 이름도 갖고 있지 않습니다. 내게는 이름이 없습니다. 그러나 모든 이름이 나의 것입니다.

인간들은 나에게 준 이름을 내건 채 싸우고, 죽이고, 죽습니다. 그들은 종교라는 형태를 만듭니다. 그들은 도그마*를 만들고, 생각의 체계란 것을 만듭니다. 그들은 내가 자신들의 '편'이라고 주장합니다. (나는 어떤 편도 취하지 않습니다.) 그들은 내가 그들에 속한다고 말합니다. (나는 누구에게도 속하지 않습니다. 나는 모두에게 속합니다.) 그들은 나를 형상화하려 애씁니다. 심지어 그들은 자신들이 나라고 주장하고, 나를 안다고 주장하고, 나를 세상에 내보낸다고 주장합니다. 그들 중 몇몇은 나에게로 이어지는 하나의 길One Path을 발견했다고 주장합니다. 그들은 언제나 그렇게 해왔고, 앞으로 늘 그럴 겁니다.

그들은 알지 못합니다. 그들의 마음은 한계가 너무도 분

* dogma. 독단적인 신조나 학설.

명합니다.

그런데 말이죠, '마음'이란 건 나의 수많은 기발하고 독창적인 모습들 중 하나입니다.

나는 모든 것으로 나타나지만, 당신이 찾으려 해도 나를 찾을 수 없을 겁니다. 나는 우주에서 숨바꼭질합니다. 나는 때로 나타나곤 합니다. 당신이 보는 것을 완전히 멈출 때 말이죠.

나는 이 말들입니다. 그리고 말과 말 사이의 모든 행간입니다. 나는 모든 문장이 끝나는 곳에 있는 침묵, 첫 문장이 시작되기 전의 기대이고 예상입니다. 나는 검은색입니다. 나는 흰색입니다. 그리고 회색빛 그림자입니다. 또한 모든 색이기도 합니다. 나는 이해이고, 이해의 결핍입니다. 나는 같음이고, 다름입니다. 나는 분리이고, 말로 표현할 수 없을 만큼 완전한 결합입니다.

나는 이 페이지를 가로질러 움직이는 눈이고, 이 눈이 움직여가는 페이지입니다. 나는 보는 것이고, 보여지는 모든 것입니다. 나는 나 자신을 주체와 객체로 나누지 못합니다. 분리는 저의 종교가 아닙니다. 나는 '나'의 그 어떤 것도 알지 못합니다. 그러나 나는 '나'를 즐거이 말합니다.

나는 남성이고, 여성입니다. 나는 동쪽이고, 서쪽입니다. 나는 안쪽이고, 바깥쪽입니다. 나는 모든 언어를 유창하게 말합니다. 나는 모든 현재형, 모든 완료형, 모든 미래형입니다. 지금 존재하는 모든 것, 존재해왔던 모든 것, 존재할 모든 것입니다. 나는 지금이고, 지금이 아닙니다. 나는 어떤 것에도 몰아 넣어질 수 없습니다. 영원은 숨을 한번 내쉬고 들이쉬는 그 공간을 지나갑니다. 억겁은 나의 혈액입니다.

나는 지금 당신을 호흡합니다.

나는 당신을 들이쉬는 숨이고, 당신을 내쉬는 숨입니다. 나는 모든 신성하고, 친밀한 호흡입니다.

나는 광대무변한 공간 속으로 떠오르고 스러지는 당신의 생각들 모두입니다.

나는 우주 어딘가에서 혜성이 나타나듯 훅 밀려드는 모든 감각, 모든 느낌입니다.

나는 슬픔입니다. 나는 분노입니다. 나는 불입니다. 나는 물입니다.

나는 언제나 여기에 있습니다. 내가 인식이 되든, 안 되든.

나는 "존재"합니다. 내가 아닐 때조차도.

나는 아무것도 아니고, 모든 것입니다. 나는 누구도 아니며, 모두입니다.

나는 살인자입니다. 살인자가 말합니다. "나는 존재합니다."

나는 성자입니다. 성자가 말합니다. "나는 존재합니다."

나는 창녀입니다. 창녀가 말합니다. "나는 존재합니다."

나는 아이입니다. 아이가 말합니다. "나는 존재합니다."

나는 과학자입니다. 과학자가 말합니다. "나는 존재합니다."

나는 죽어가는 사람입니다. 죽어가는 사람이 말합니다. "나는 존재합니다."

'나'의 이야기는 언제나 다릅니다. 그렇습니다. 이것이 나의 창조력입니다.

그러나 '존재함Am'은 언제나 같습니다. 존재, 존재함. 이것은 나의 변하지 않는 속성입니다.

나를 찾지 마십시오. 살아가는 동안 나를 찾지 마십시오.

당신이 나를 발견했다고 자랑스러워하지 마십시오. 나는 당신의 트로피가 아닙니다. 나는 당신의 굶주린 영적 자아를 채워 줄 음식이 아닙니다. 그저 내가 이미 여기에 있다는 것을 인정하십시오. 내가 언제나 여기에 있어 왔다는 것을 인정하십시오. 그리고 나를 기억하며 당신의 삶을 사십시오. 내 존재함의 즐거움을 간직한 채 당신 자신에 헌신하십시오. 당신의 삶이 나에게 당신의 사랑 노래가 되게 하십시오. 당신의 행동과 말이 나를 표현하도록 놓아두십시오.

나는 당신의 가장 심오한 지혜입니다. 나는 당신의 가장 깊은 외로움보다 더 가까이에 있습니다.

나는 결코 당신을 포기한 적이 없고, 나는 결코 당신을 포기하지 않을 것입니다. 나는 포기를 알지 못합니다.

나는 당신이 당신의 마지막 숨을 거둘 때 여기에 있을 겁니다.

당신은 내가 사랑하는 아이입니다.

나는 당신이 태어날 때 거기에 있었고, 당신을 안고 있었습니다.

기억하시나요?

45

위대한 탈출

Exodus

봐줄래요? 당신이 만약 본다면, 보이나요?

한 노인과 한 소년, 바다, 비바람에 삭은 카페, 바닥에 깔린 깔개들, 산책로에 붙여진 누렇게 바랜 광고물들, 잠겨들 듯 흐릿한 음악, 그래도 여전히 잘돼 갈 거라며 달랑달랑 매달린 약속. 포마이카 탁자 위에 놓인 구운 치즈샌드위치와 고리 모양의 커피 케이크, 탁자 다리에 붙은 빵 부스러기들, 몇 시간째 묵묵히 지켜보고 있는 침묵에 빠진 얼굴들.

빵 부스러기 하나가 노인의 아래쪽 입술에 붙어 있고, 그의 턱에는 침방울 하나가 매달려 있다. 둘 다, 떨어지기를 기다리는 듯하다.

노인이 소년을 본다. 깊이 파묻힌 걸 찾아내듯 골똘히 보고 있어서 눈이 마치 사팔뜨기가 된 것 같다. 소년은 창밖을, 모래사장 위에 놓인 푸른색 새장 안의 새가 먹이를 쪼아대는 걸 응시하고 있다. 새장 손잡이에 노끈이 묶여 있다. 나는 클리프 리처드Cliff Richard*의 음반을 생각한다. 장담은 할 수 없다. 부드러운 고음이, 잡음처럼 낮게 깔린 파도 소리에 잦아든다. 아마도 〈콘그래츌레이션스Congratulations〉라는 노래일 것이다.

나는 내가 소년이라고 생각한다. 그리고 나는 당신이 노인이라고 생각한다. 나는 우리의 마지막 날을 함께하고 있다고 생각한다.

태양은 저녁과 함께 구름 뒤편으로 무겁게 자취를 감춘다. 내가 어렸을 때 함께 보았던 기독교 영화 속 죽음의 천

---

* 1940년 인도에서 태어난 영국의 가수로, 비틀즈가 나타나기 전 1960년대에 영국은 물론 미국을 포함해 전 세계적으로 엄청난 인기를 얻으며 2억5천만 장의 음반을 판매했다.

사처럼 산책로를 따라 그림자가 쓰윽 밀려든다. 그때 나는 내가 본 것을 그대로 믿을 만큼 어렸다. 우리의 믿음은 거대한 물길을 가를 수 있고, 맡아들인 나는 구원을 받게 되리라 생각했다. 당신은 내게 우유가 들어간 달콤한 차를 만들어주기 위해 언제든 벌떡 일어났다. 이런 것들을 당신은 비록 잊었지만, 나는 그렇지 않았다. 나는 춥고 목이 마르고 혈당이 떨어진 상태로 와들와들 떨고 있는 상태를 알아차렸다. 카페에 대해, 건조한 케이크에 대해, 긴 하루에 대해 늘 어놓는 당신의 불평과 당신의 긴 하품 소리를 들으며, 카페에서 카페로 이동한 긴 하루였다.

"윗도리를 입지 그래요. 쌀쌀하잖아요."

"윗도리를 갖고 오지 않았어."

"의자에 걸쳐져 있잖아요. 뒤편에요."

아버지는 의자 뒤편을 살핀다. 그러고는 의자 등받이에 걸쳐져 있는 구겨진 후드재킷을 만진다.

"내 것이 아니야, 아들."

나는 기다린다.

"아, 맞구나."

늘 그렇다.

아버지는 재킷 안으로 몸을 구겨 넣는다. 세상에! 아버지의 몸은 이제 너무 자그맣다. 아버지가 몸을 웅크린다. 당신은 아버지들이 몸을 웅크리는, 마치 재킷처럼 오그라든 아버지들을 짐작하지 못할 것이다.

시간이 흐른다. 하품이 난다. 나는 모른다. 그것이 침묵인지, 그저 말이 사라진 것인지. 침묵도, 말이 사라진 것도 아니라면, 다른 이름이 붙여질 것이다.

갈매기 두 마리가 모래사장 위의 참치 바게트를 향해 날아든다.

갑자기, 사전경고도 없이 날아든다. "그거 아니, 아들? 네가 선한 아이란 거."

아버지가 손을 뻗는다. 아버지는 결코 손을 뻗은 적이 없었다. 내가 선한 아이라고, 아버지가 말한다. 아버지는 내 왼손을 만진다. 딱딱하고, 메마르게 느껴진다. 수십 억 년 동안 풍화되고 침식된 뭔가에 닿은 느낌이다. 그런데 그것이 지금 더욱 가까이에, 그 진수에 닿은 것 같다. 너무 많아진 검버섯, 발견되지 않은 균열들, 아버지의 가슴 안에 쌓인 채로 말해지지 않은 모든 것들만큼이나 깊게 패인 주름들. 아버지가 결코 공유할 수 없었던 가슴 안의 것들.

"우린 다른 길 위에 있단다, 아들. 그래도 괜찮아. 넌 선한 아이야."

아버지가 꽉 쥐었다. 잠시 동안, 나는 거의 숨을 쉴 수가 없다.

우리는 다른 길 위에 있다. 그래도 괜찮다. 그리고 나는 선한 아이다.

갈매기들이 서로 차지하려고 싸우던 참치 바게트는, 이제, 내용물들을 드러낸 채 해체되어 있다. 상추와 으깬 참치, 미친 듯 희번덕이는 희고 노랗고 빨간 새들의 눈알.

"그래요, 아버지. 괜찮아요."

"뭐라고, 아들?"

"괜찮다고 말했어요. 아버지와 내가 다른 길 위에 있어도."

"응, 그래. 그래, 괜찮지."

아버지가 눈길을 돌린다. 갈매기들은 포기한다. 날개를 퍼덕거리며 빛이 이동하는 산책로를 따라 날아간다.

아버지는 손등으로 입술을 닦고, 지구의 중력이 아버지의 입술에서 떨어지는 부스러기들을 받아들인다.

아버지가 하품을 한다.

"재밌게 생긴 놈들이지? 저 새들 말이야."

"네, 아버지. 재밌게 생겼어요. 저 새들."

'축하해요, 축하해요. 당신이 나와 사랑에 빠졌다고, 내가 모든 사람에게 말했을 때, 그들이 말하더라고요. 축하해요, 기뻐해요. 난 세상 사람들 모두 내가 정말 행복하다는 걸 알았으면 좋겠어요.'

흘러나오는 노래가 오늘 이런 곳에, 오늘처럼, 그때처럼, 바로 지금을 노래하는 것처럼 들려왔다.

나는 생각한다. 우리가 가장 귀한 존재라고.

성스런 언어란 달리 존재하지 않는다.

신성은 늘 그러한 일상에 존재할 뿐.

— 덩 밍다오鄧明道[*]

* 1954년 미국에서 태어난 중국계 작가이며 화가, 철학자, 무술인이다. 저서
로 《도인》, 《마음의 눈을 밝혀주는 도 365일》 등이 있다.

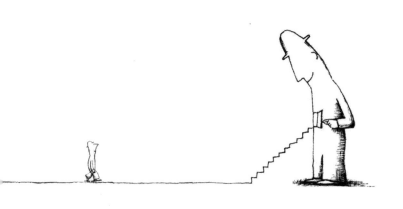

명상, 세상에서 가장 즐거운 여행

명상은 물론, 종교니 신비니 하는 단어들과 그다지 친하게 지내지 않았던 내가 갑자기 이런 것들에 관심을 가진 건 20세기 말, 1999년이 거의 다 지나가던 어느 날이었다. 당시 네 권이나 되는 긴 장편소설을 끝내고 몸 상태가 엉망이 되어 있었는데, 절친한 소설가 선배가 소개한 어느 '용한' 약사와 가깝게 지내면서 건강도 회복하고 덤으로 명상과 관련된 책자도 이것저것 소개를 받아 읽게 된 것이다. 당시 큰 감동을 준 책들 중 하나는 로렌스 레산Lawrence LeShan

의 《명상이란 무엇인가》라는, 일종의 개론서였다. 미국의 정신과의사인 저자는 원제 'How to meditate'가 가리키듯 200쪽 정도의 길지 않은 책 안에 세상에 존재하는 모든 '명상법'을 깔끔하게 정리해놓았다. 이 책의 말미에는 "1999년 12월 13일 밤"이라는 일자와 함께 다음과 같은 메모가 적혀 있다.

"하나 이상의 것을 아는 일은 불가능하다.
하나 이상의 것은 존재하지 않기 때문이다."

명상을 어느 정도 접해본 사람이라면 이 말이 '일체감Oneness'에 대한 얘기란 걸 금방 알 것이다. 하나 됨, 일체, 유일성, 조화… 등으로 번역될 수 있는 Oneness는 갈등과 분열의 반대편에 존재하는 것이 아니라 갈등과 분열을 끌어안는 개념이다. 종교적 통합, 혹은 유일신으로 대변되는 특정종교와도 궤를 달리하는 이것은, 'The Essential Oneness of Mankind', 근원적으로 하나인 인류를 의미하는 것에 가깝다. 유일한 신이나 신의 유일성을 넘어선 곳,

개별적 존재로서의 독립성을 유지하면서도 그 개별적 존재들이 '인류'를 형성하는 곳—여기에 닿고, 여기서 다시 시작하는 개념이 Oneness이다.

이후 20여 년 동안 여러 명상서적들을 읽고 더러 우리말로 옮기고, 실제 '수련'이라 이름 붙일 만한 것들을 익히면서 늘 뇌리를 떠나지 않았던 것 또한 Oneness였다. 그리고 지난여름, 제프 포스터의 이 책, 《명상의 기쁨》이 내게로 왔고, 다시 한 번 Oneness를 오롯하게 실감했다. 그러나 제프 포스터가 실감시켜준 그것은 기존의 '명상'이 함유하고 있던, 혹은 어쩔 수 없이 동의어로 사용되던 '신비로운 무엇'과 일정 부분 거리를 두고 있다. 제프 포스터는 책의 제목에 아예 '진짜 명상real meditation'이라고 못을 박고 있는데, 명상이란 단어에 깃든 모든 신비주의적 색채를 지워낸다. 그에게 명상은 말 그대로 '깊이 생각하는 것'이고, 깊이 생각함을 통해 '생각이 만들어낸 가짜 이미지'를 버리고 우리가 가진 모든 부정적인 감정—화, 불안, 걱정, 절망적 감정—들을 숨기거나 버리지 않고 직시하며 껴안는, 가장 인간적인, 그래서 마음먹기에 따라 어떤 것보다 쉽고 간편하며 순도 높은 가치를 가진, '진짜' 명상이다.

제프 포스터의 명상에 '진짜'라는 수식어가 붙을 수 있었던 것은, 실제로 그가 화, 불안, 걱정, 절망적 감정들로 인해 죽음 직전에까지 이르렀었다는 사실 때문이다. 스스로 목숨을 끊는 것만이 유일한 해결책이라고 확신했을 때 그에게 찾아온 놀라운 자각─모든 부정적 감정들을 있는 그대로 받아들이는 것─은 결국 그를 살려냈다. 그리고 그를 살려낸 그것은 그와 똑같은 상황에 처한 누군가를 살려낼 것이다. 그 누군가가 우리 자신일 수도 있음은 자명하다. 그래서 그는 이렇게 말할 수 있었다.

"당신의 분노, 의심, 슬픔, 공포는 '잘못된' 것도, '나쁜' 것도, '덜 성숙해서 생겨난'도 아니다. 그것들은 '생명력이 덜한' 것도, '부정적인' 것도, '영적이지 않은' 것도 아니다. 이런 말들은 모두 머릿속에서 만들어진 상표 딱지, 생각이 만들어낸 판단에 불과하다. 가슴은 알고 있다. 그런 식의 상표 딱지도 판단도 없다는 것을. 이런 모든 관념적인 허울, 이런 모든 느낌들이 있기 전에 우리는 따스함, 받아들임,

공감, 산소, 호기심 가득한 관심에 대한 그리움을 잃어버렸다. 그런 에너지를 상실해버린 것이다."

두려움은 사랑의 반대편에 있지 않다. 그건 마치 파도가 바다의 '반대편'에 존재하지 않는 것과 같다. 두려움은 의식의 완전한 표현이다. 축복과 기쁨과 경이로움으로 춤추는, 바다처럼 드넓은 의식. 두려움은 잔뜩 웅크린 사랑, 팽팽하게 긴장한 사랑, 사랑이 비집고 들어갈 틈도 없는, 감금당한 사랑이다. 사랑의 '반대편'에 두려움이 있는 것이 아니다."

사랑과 두려움이 둘이 아니라는 것을 이해할 때 당신의 삶이 바뀔 것이다. 그리고 내면의 적, 내면의 폭력이 막을 내리기 시작할 것이다."

제프 포스터를 '진짜' 명상으로 이끈 것은 명상의 선생이 아니라 제프 포스터 그 자신이었다. 그를 평화로 이끈 것은 신비로운 아우라를 지닌 영적 스승이 아니라, 불안과 분노에 휩싸여 절망에 빠진 그 자신이었다. 우리를 '명상의 즐거움'으로 이끌어 가는 존재가 다른 누구도 아닌 우리 자신이

270

라는 사실만큼 믿음직한 일은 달리 있을 수 없다. 명상이 왜 '세상에서 가장 즐거운 여행'인지를, Oneness의 '진짜' 의미를 알려준 제프 포스터는, 우리 자신이 곧 명상의 선생이며 영적 스승이라는 사실을 경험적으로 설파해준다.

신비로운 기적 같은 건 없다. 있다면, 화나고, 두렵고, 절망스런 우리의 삶 자체가 신비로운 기적이다. 우리는 날마다 기적 같은 나날들을 살아가는 것이다. 화·두려움·절망적 감정을 외면하지 않는 삶, 화·두려움·절망적 감정을 모른 척하지 않는 삶, 화·두려움·절망적 감정을 없는 척하지 않는 삶, 화·두려움·절망적 감정을 있는 그대로 받아들이는 삶―이것이 우리의 일상이자 기적이다. 이것이 제프 포스터가 말하는 '진짜' 명상이다.

명상의 기쁨

지친 마음, 황량한 가슴에 용기를 전해주는 말들

1판 1쇄 인쇄 2020년 12월 21일
1판 1쇄 발행 2020년 12월 28일

지은이 제프 포스터
옮긴이 하창수
펴낸곳 굿모닝미디어
펴낸이 이병훈

출판등록 1999년 9월 1일 등록번호 제10-1819호
주소 서울 마포구 동교로 50길 8, 201호
전화 02) 3141-8609
팩스 02) 6442-6185
전자우편 goodmanpb@naver.com

ISBN 978-89-89874-40-9 03840